Włodzimierz Kowalewski · Rotes Haar nachts

Włodzimierz Kowalewski

Rotes Haar nachts

Aus dem Polnischen von Doreen Daume

EDITION wespennest

Die Deutsche Bibliothek – CIP-Einheitsaufnahme
Ein Titeldatensatz für diese Publikation ist bei der
Deutschen Bibliothek erhältlich.

ISBN 3-85458-523-3
Wien: Wespennest, 2000
(Wespennest Literatur)

Titel der Originalausgabe: Rude włosy nocą

Visuelle Gestaltung: fuhrer
Umschlagfoto: Krzysztof Pawela
Medieninhaber: ©Wespennest
Herstellung: Agens-Werk
Verlags- und Herstellungsort: Wien
Printed in Austria

Veröffentlicht mit Unterstützung durch KulturKontakt

Rotes Haar nachts

Saukalt. Zum Glück ist schon Freitagabend. Bloß nicht mehr hinausgehen. Mit vierzig fühlt man neben einer fortschreitenden Resignation auch die Rücksichtslosigkeit des Winters immer stärker. Obwohl ein frostiger, schneefreier Januar gar nicht trostlos sein muss. Besonders freitags.

Auf der wie ausgestorbenen, leicht abschüssigen Vorstadtstraße, die direkt an der Hausfront hinter dem Maschendrahtzaun und dem desolaten Gehsteig verläuft, fahren nur noch vereinzelt Autos. Ihr durch den Frost gedämpfter Lärm erinnert an das Brummen eines Staubsaugers.

Durch das dreieckige, an zwei Seiten von Dachschrägen begrenzte Fenster, dessen Unterseite auf einem grau verputzten Balken aufliegt, der früher einmal zur Befestigung von wilden Weinranken gedient hat, kann man die Lichter der Autos sehen: große weiße Flecken, die sich langsam von links nach rechts bewegen und die auf dem gefrorenen Asphalt einen glitzernden, kühlen Schein erzeugen. Die Straßenbeleuchtung ist noch nicht angeschaltet und das Blau des Himmels, diese herrliche Farbe der Fernsehreklame, verdunkelt sich langsam. Am Horizont geht sie in eine vollendete Rotfärbung über, die durch den niedrigen Klotz eines noch von den Deutschen errichteten Schulgebäudes und weiter hinten durch die gestochen scharfe Kontur einer modernen Kirche abrupt unterbrochen wird. Von Zeit zu Zeit plagt sich ein Gelenkbus die Straße hinauf, mühselig zieht er dabei sein plumpes Hinterteil nach. Er ist über und über mit Aufschriften bedeckt, auf denen die cholesterinfreie Sahne Creolka, Kodakfilme oder ein Küchengeräte-Großhandel angepriesen werden. Zum Glück kann man aus dem Fenster nicht die

Wohnblöcke sehen, ein Labyrinth aus rechtwinkligen Kästen, gleich hinter der schrägen Wand. Es beginnt auf der Rückseite des benachbarten Postgebäudes und erstreckt sich kilometerweit nach Osten – ein Beispiel dafür, wie sich mittels gleichmäßiger geometrischer Formen ein totales Chaos schaffen lässt. Man sieht weder die lehmfarbenen Menschentrauben, die sich morgens um die gelbroten, spraybesudelten Autobushaltestellen gruppieren, noch die scheppernden Einkaufswagen, die sich nachmittags vor dem Lebensmittelgeschäft ansammeln und auch die unüberhörbaren, in den Wohnungen fast erstickenden Hunde, die direkt vor ihrem jeweiligen Treppenhaus auf den Rasen gelassen werden, sind außer Sichtweite.

Sechzehn Grad minus herrschen in dieser Steinwüste. Drinnen, in der Stadt, ist es nicht ganz so kalt. Ob die Mutter gemerkt hat, dass er schon zurück ist? Sie war jedenfalls nicht am Fenster gestanden, als er in die Garage gefahren war.

Er ließ das Wellblechtor zufallen und lief schnell die völlig vereiste Treppe hinauf, die an der Außenseite des Hauses angebaut war. Sie führte vom Hof direkt in seine Dachkammer.

Der Heizkörper war so heiß, dass man ihn nicht berühren konnte, doch in den Schultern fühlte er die Kälte. Er zog aus der Tasche eine zusammengeklappte Zeitung, auf deren Titelblatt die fanatische Visage eines Ministers prangte, und warf sich eine Decke über. Er hatte jedoch keine Lust zu lesen, sondern dachte daran, sich Tee zu kochen und den Rest des französischen Camemberts hervorzuholen, den er gestern aus dem plötzlichen Bedürfnis heraus, sich dem Geschmack einer eleganteren Welt anzupassen, gekauft hatte.

Auf dem Weg in seine winzige Küche, die sich hinter einer dünnen Trennwand befand und eher an eine Schiffskombüse erinnerte, schaltete er das Radio ein, das unvermutet mit höllischem Trash losgrölte. Sofort drehte er es wieder ab, aber zu spät. Schon ließ sich das mühevolle Schlurfen auf der Holztreppe vernehmen, das Pochen des Gehstocks und die Stimme von unten durch die Tür, die zu seinen Eltern führte.

«Grzegorz! Diese … hat schon wieder angerufen. So irgendwann nach drei, da hat es geläutet und ich hab nicht gewusst wer. Da heb ich ab, und es ist wieder diese …» Ein zweites Mal machte seine Mutter diese bedeutungsvolle Pause, wobei sie das unmissverständliche Wort durch einen ärgerlichen Schmatzlaut ersetzte.

«Sie hat mich gefragt: ‹Ist Grzegorz da?› Und ich darauf: ‹Nein, ist er nicht.› Und sie: ‹Wann kommt er denn?› Und ich darauf: ‹Weiß ich nicht, er ist noch nicht zurück aus der Arbeit.›»

«Ist gut, Mama. Wollte sie etwas?», fragte er ungeduldig.

«Du sollst sie anrufen.»

«Aha.»

«Grzegorz!»

«Hm?»

«Ruf sie nicht zurück. Ich wollte ihr auch schon sagen, dass sie endlich aufhören soll, dich zu belästigen, dass du arbeiten musst und deine Ruhe haben musst. Keinen Funken Scham im Leib hat sie, diese …»

«Schon gut, Mama.»

«Grzegorz», tönte es noch einmal hinter der Tür hervor, «komm zum Abendessen. Es gibt geröstetes Brot. Dein Vater hat Lust auf geröstetes Brot.»

Eine eigene Bude, dringendst! Das sagte er sich schon seit Jahren. Am Freitagabend, dem schönsten Moment der Woche, auf den zu warten dem Leben einen Sinn gibt, einfach abschalten können. Sie schaffte es sogar, ihm diese paar Stunden zu verderben. Außerdem: Zur Hölle mit allen Exfrauen! Aber was hieß schon «Ex», sie kam ja doch hereinspaziert, wann immer es ihr gerade passte. Anrufe, gelegentlich ein zufällig zur Hand genommenes Buch, im Sommer eine Postkarte vom Meer, jedes Jahr von einem wärmeren Strand – und schon war sie da. Gar nicht so leicht, sie loszuwerden. Sie spukte in ihm herum, nahm sich einfach, was ihr gefiel, planvoll und lächelnd – sie war sich ihres Platzes sicher. Teska, seufzte er und zog die Decke fest um seinen ganzen Körper, denn ein eisiger Wind pfiff über den Boden. Er schloss die Augen und sah sie vor sich, wie sie vor dem hellen Bücherregal stand, dem von Cepelia, denn damals konnte man sonst nirgendwo Möbel bekommen. Im Hintergrund sah er die eifrig gesammelten PIW-Klassikerserien mit ihren goldenen Titeln auf den Buchrücken, darunter die Bände mit südamerikanischer Prosa, die damals fast eine Art Snobismus repräsentierten. Er sah Teska vor sich, wie sie etwas suchte oder einfach nur Staub wischte. Oder wie sie vor dem Schwarzweiß-Fernsehapparat, Marke Ametyst, in der Dunkelheit saß, mit herabhängenden Haaren, das rechte Profil ihm zugekehrt. Schon damals hatte sie immer nur die eine Seite dem Licht ausgesetzt. Das Bild war so deutlich, als wäre sie gerade eben ins Bad gegangen. Nein, nein, es gab ja kein Bad, sie hätte auf den ausgetretenen, quietschenden Dielen zu den Alten hinuntergehen und dabei die wehrlose, von den vielen daranhängenden Mänteln so schwere Tür mit

Schwung zuwerfen müssen. Teska, er stützte den Kopf in die Hände, der farbige Traum des *fin de la époque* der Volksrepublik Polen.

In den siebziger Jahren hatte es eigentlich keine richtigen Winter gegeben, außer dem einen, Ende achtundsiebzig, Anfang neunundsiebzig, der mit dem von der Regierung per Dekret verordneten Zustand der Seligkeit genau dasselbe getan hatte, wie das sich auftürmende Treibeis mit der zusammengepfuschten Brücke. Die übrigen Winter waren ihm als lange Regenperioden in Erinnerung geblieben, Regen, der über Toruń hinwegpeitschte, dumpfige Feuchtigkeit, die vom Fluss aufstieg, modernde Blätter auf den Parkalleen zwischen dem Rapackiplatz und den Studentenheimen, Blätter, die mit der Zeit vollständig zu gelblich braunem Schlamm geworden waren. Auch Teska war übrigens des Öfteren von Kopf bis Fuß mit dem bräunlichen, fauligen Zeug bespritzt gewesen, obwohl man ihre Person doch bestimmt nie mit Regen und Schmutz in Verbindung gebracht hätte. Wenn man vierzig ist und wenn man, bedauerlicherweise immer in denselben vier Wänden, ein bewegtes Innenleben hinter sich hat, wenn einem aus dem Spiegel eine kartoffelige Ost-Visage mit Hängebacken und Borstenbärtchen entgegenschaut, dann hat man seine Schwierigkeiten damit, sonnige Erinnerungen heraufzubeschwören, denn die Angst vor der Trivialität lässt einen die Lippen zusammenkneifen.

Jedenfalls war Toruń der herrlichste Tummelplatz für ihre Jugend gewesen. Wie in den frühen Romanen von Musiał, nur dass es keine Phantasmagorie war, die hinter den Kulissen der Zeit dahinfloss. Es war durch und durch konkret gewesen. Ein in Schwarz übergehendes Rot, ehrwürdige und schnörkellose Gotik, die davon zeugte, dass das Gute ewig ist. Auch die kleine Universität, wo sie Geschichte studiert hatten, war konkret gewesen. Immer wieder diese wahnsinnigen Frühlingstage, und auch die Straßenbahnen, die sich ratternd durch die Schlucht der grünen Przedmieście-Straße in Bydgoszcz schoben, einer Straße, die in ganz Nordpolen nicht ihresgleichen hatte, da sie vom Stadtzentrum aus direkt zum Beginn des Jahrhunderts führte, in eine Welt, wo es noch Mansarden, Türmchen mit Wetterfahnen aus Blech, krumme Giebel und halbrunde Fenster gab; aus einem dieser Fensterchen hatte wohl schon im Herbst des Jahres neunzehnhundertfünf der Dichter Stanisław Przybyszewski dasselbe Kreischen der Schienen gehört. Wunderbare Reise der vergessenen Dichter.

Wenn sie im Club Imperial gesessen hatten, dann wurde nicht über Gierek, die Beschneidung der Freiheit, über Russland oder das überall vorherrschende Grau, über die Zensur oder die armseligen Läden gesprochen. Im Zigarettenqualm von Carmen und Extrastark, der nach geschreddertem, verglimmendem Pappendeckel roch, hatte man sich gegenseitig mit prestigeträchtigem Kulturgut überboten: Cortázar, Jung, Kepinski, Camus, Marcuse und Wojaczek, amerikanische Filme wie *Scarecrow*, *Midnight Cowboy* und *Taxidriver*. Zwischen zwei Schlucken Graudenzer, dessen kegelförmige Flaschen sich zu Dutzenden auf den Tischplatten ansammelten, stellte man ernsthafte Überlegungen darüber an, ob die Loslösung von den herrschenden Zuständen zum Triumph des Willens führen könne, ob ein Umsturz die Bedingung für Heiligkeit war, ob sexuelle Begierde eher ein Zeichen von

Gottes Größe oder von Gottes Böswilligkeit sei. Niemanden berührte der Tod von Pyjas sonderlich. Man wusste wenig über das KOR und über die Opposition, kaum jemand las die Untergrundpresse. Manchmal fiel eine kurze Anspielung auf die Mythen des März '68 und wie die Studenten damals von den Fensterbrettern auf die Polizisten gepinkelt hatten, als diese sich anschickten, wieder einmal die verschiedenen Gebäude des Studentenheims im Warschauer Stadtteil Bielany zu stürmen. Die Zeit war klar und durchschaubar gewesen, doch sie war vorbei, es gab keine Zweifel mehr, dass das Neue sich wesentlich von dem unterschied, was damals gewesen war. Verklungen war die Lyrik von Herbert und Szymborska, es gehörte der Vergangenheit an, dass man Kornhauser, Stabra und Barańczak las. Rock 'n' Roll wurde als Anachronismus betrachtet, die Beatles und die Stones hielt man für alte, wenig engagierte Musik. Hard Rock war aus der Mode, man hörte Endloskompositionen von Genesis oder Rick Wakeman auf Langspielplatten, die in dicken, surrealistischen Hüllen mit Aufklebern von Hamburger oder Londoner Musikläden steckten. Städtenamen, die bei niemandem konkrete Assoziationen hervorgerufen hatten, es waren Städte so unerreichbar wie ferne Galaxien.

Damals hatten alle lange Haare gehabt und ein bestimmter Schnitt der Hosen war absolut verpflichtend gewesen: man nannte ihn nach Eric Claptons Bell Bottom Blues: die Hosenbeine mussten am Saum fünfunddreißig Zentimeter weit ausgestellt sein. Die Röcke hatte man Maxi zu tragen, selten waren sie kürzer als knöchellang.

Irgendwo im Schrank hatte er einen ganzen Schuhkarton voll alter Fotos: Teska im Bananenrock mit riesiger Sonnenbrille, Teska mit Zigarette, Teska in Ciechocinek vor den Gradierwerken, vor dem Kopernikus-Denkmal, neben Tomek Pawlickis Moskowitsch, im Zelt in Zbiczno. Auf dem minderwertigen Papier waren die Kontraste mangelhaft, das Ganze sah verschwommen und wolkig aus.

Wenn Teskas Zimmergenossinnen verreist waren, hatten sie sich in ihrem Zimmer Abendessen gemacht. Es war eines dieser Mädchenzimmer, wo es nach Bohnerwachs roch und wo auf den Schränkchen Vasen aus Terracotta, kleine Schalen und allerlei Nippes herumstanden. Auf dem Bücherregal hatte ein für Dollar gekauftes Rexona-Deodorant mit Treibgas gelegen, das Ozonloch war noch nicht erfunden. Der Traum von Luxus und Eleganz wie im Roman *Aller Reichtum dieser Welt* von Irwin Shaw, flüchtig wie eine kleine, ausgefranste Wolke. Sie hatten hellgelben rumänischen Cotnari getrunken und bei Kerzenlicht aus einem kleinen, flachen und krächzenden Kassettenrecorder Balladen von Leonhard Cohen gehört. Dann waren sie in das schmale Bett gekrochen, hatten sich in das kratzige, mit lila Stempelabdrücken des Studentenheims markierte Bettzeug gewühlt, um am nächsten Tag um zwei Uhr nachmittags mit einem Brummschädel, träge und klebrig wieder aufzuwachen.

Als sie das erste Mal zusammen von Toruń aus hierher gekommen waren, wuchs dort, wo später ein Postamt gebaut worden war und wo man im Laufe weniger Jahre die Plattenbauten des Neuen Babylon errichtet hatte, noch Getreide. Anstelle einer Straße führte ein Sandweg durch den Ort. Er war durch Johannisbeersträucher und einige alte Pflaumenbäume vom Haus abgegrenzt und verlor sich allmählich in den Feldern. Auf dem Platz, auf dem heute die städtischen Autobusse wenden, hatte es damals eine Sammelstelle gegeben, wohin die Bauern ihre Milch brachten. Mehrmals täglich hielten hier für einen Moment Fernlaster auf ihrem Weg in die weite Welt – nach Ostrołęka, Łomża oder sogar nach Białystok. Dann erschien in den Augen der Mädchen, die vor dem einzigen Geschäft Gummitwist spielten, ein sehnsüchtiges Funkeln.

Der Zug, der noch vor zweiundzwanzig Uhr abfahren sollte, hatte damals eine halbe Stunde Verspätung gehabt und sie hatten den letzten Bus verpasst. So gingen sie zu Fuß von der Haltestelle des Vierers entlang der schmalen, um diese Tageszeit leeren Landstraße. Zwischen ihnen schwankte die bauchige Reisetasche und schlug ihnen an die Beine. Nach dem heißen Junitag begann die Nacht nach gesunder Feuchtigkeit zu duften, kaum sichtbarer Dunst stieg aus dem umliegenden, mit Löwenzahn überwucherten Brachland auf. Ihre Holzschuhe klapperten auf dem Asphalt und der Mond über dem spärlichen Wald fügte noch ein wenig unvermeidlichen Überschwang hinzu.

«So trübsinnig und scheußlich ist hier alles. Alles ist stehen geblieben, als ob es auf etwas wartete», hatte Teska gebrummt, als sie schon vor dem Haus der Alten angelangt waren. Sie war verärgert gewesen und hatte fast den ganzen Weg geschwiegen.

Das Telefon schrillte ohrenbetäubend durch das Halbdunkel. Grzegorz kam schwerfällig auf die Beine, ging zum Tisch, der seitlich zwischen Regal und Schrank hineingequetscht war, und knipste die Lampe mit dem blechernen Schirm an. Bloß nicht schon wieder eine dieser verhängnisvollen Meldungen, durchfuhr es ihn.

«Marek Burdecki am Apparat, Verlag OZO, ich rufe aus Warschau an. Könnte ich bitte mit Herrn Grzegorz Wiechniak sprechen?», fragte eine unbekannte Stimme.

Er fühlte einen Stich in der Magengegend. Burdecki! Unwillkürlich wanderte sein Blick über die Reihen seiner verstaubten Zeitschriftensammlung. *Neuer Ausdruck* und *Lyrik*. Ja, sicher irgendwo dort. Vielleicht in der Ausgabe vom Jahr siebenundsiebzig, in der auch die Gedichte dieses Mierzejewski waren.

«Herr Wiechniak? Grüß Gott. Also, ich habe Ihr Manuskript gelesen, die beiden Chefs auch. Kurz, wir nehmen es! Der Titel ist auch gut, *Rotes Haar nachts*, das hat irgendwie Biss. Na, was ist, hat es Ihnen die Sprache verschlagen? Tja, so was soll vorkommen», trompetete er in den Hörer. «Keine Sorge, Sie müssten aber einmal zu uns kommen. Wann können Sie?»

Grzegorz schluckte.

«Ich weiß nicht, ich arbeite. Vielleicht denke ich noch einmal drüber nach und schreibe Ihnen dann oder rufe an.»

«Nein, nein, Herr Wiechniak. Es ist ganz wichtig, wir müssen schnell darüber reden und besser nicht am Telefon, das Ding ist nun schon mal in Gang gekommen. Am Mittwoch wäre es mir recht, passt Ihnen das?»

«Ich weiß nicht, ob ...»

«Sie werden es schon finden! Wspólna-Straße, im Zentrum, dieselbe Adresse, an die Sie geschrieben haben. Ich werde da sein. Also dann – ciao, bis Mittwoch!»

Was für ein Quatschkopf! Niederbrüllen, anspucken, in die Knie zwingen sollte man so einen, knurrte Grzegorz vor sich hin. Die kreidigen Titelblätter seiner Sammlung der einzelnen Hefte von *Neuer Ausdruck* – einst die wichtigste Monatszeitschrift der polnischen Nachwuchsschriftsteller – waren welk geworden und die meistens gelungene Graphik hatte die Frische der Farben verloren. Er musste längere Zeit suchen und alle Nummern genau durchblättern, aber endlich wurde er fündig. Im Jahre 1974 – zwei Gedichte von Burdecki: Die Schließung der Natur ist wie eine nicht verwischte Linie / sie höhlt den Blutkreislauf aus / der Spiegel ist eine Frau / obwohl der Regen mit dem Morgenlicht die Atmosphäre umkehren möchte … und so weiter, alles klar, man kennt so etwas. Er fand noch eine Rezension aus dem Jahre achtundsiebzig auf den letzten Seiten eines Heftes und die Besprechung eines Gedichtbandes in einer noch früheren Ausgabe. Weiters ein paar kurze Bemerkungen zur Situation der Literatur der jungen Generation und Bemerkungen über Massenkultur: Alles zusammen eine Mixtur der erbärmlichsten Machart. Ja, das musste wohl dieser Marek Burdecki sein.

Er markierte die Seiten, legte die ausgewählten Nummern beiseite, stopfte die übrigen Zeitschriften zurück ins Regal und ging ins Badezimmer, um seine Socken zu waschen.

Wenn das Ganze fünfzehn Jahre früher gewesen wäre, dachte Grzegorz, während er im Waschbecken den schwärzlichen, nach Käse riechenden Seifenschaum aus seinen Socken spülte, ja, dann wäre ich jetzt gleich auf dem schnellsten Weg zu Wieszek Turły, dem Dichter, gerast, um ihm alles zu erzählen, nicht ohne unterwegs eine Halbliterflasche Wodka und eine ausreichende Menge Sekt zu besorgen. Jetzt habe ich allerdings keine Lust irgendwohin zu rasen, nicht bei sechzehn Grad minus. Erzählen will ich auch nichts, wozu auch? Wenn das Buch tatsächlich herausgebracht wird, dann wäre das einfach eine Tatsache – ohne Perspektive in Hinblick auf die Zukunft, denn weitere Bücher werde ich doch nie schreiben, worüber auch?

Die Entscheidung, *Rotes Haar nachts* dem Warschauer Verlag OZO anzubieten, gehörte zu den Entscheidungen, für die er sich vor sich selber am allermeisten schämte. Es war übrigens der erstbeste Verlag gewesen – zufällig hatte er dessen Namen in der Buchhandlung auf einem Exemplar von Choromanskis *Makumba* gesehen. Drei Monate nachdem er das Manuskript versandt hatte, war er noch nicht sicher, ob Erfolg wirklich das war, nach dem er sich gesehnt hatte, oder ob es ihm nicht eigentlich lieber wäre, wenn das Manuskript im Papierkorb landete und niemand je etwas davon erfahren würde. Das war übrigens etwas, worüber er noch mit niemandem gesprochen hatte, er hatte seine Entwürfe sogar vor seiner Mutter versteckt, die gewiss in allen Ecken herumschnüffelte, sobald er in die Arbeit gegangen war.

Nichts war passiert. Wie immer spülte er seine Socken aus, er spürte keinen Funken einer freudigen Erregung. Besonders irritierte ihn, dass er nach Warschau fahren sollte, die Zugfahrt, die Notwendigkeit, mit irgendeinem wildfremden Typen zu einer Einigung zu kommen. Und was wäre, wenn sie von ihm verlangten, dass er Änderungen, egal welcher Art, vornehmen solle und dass er das Ganze noch einmal überarbeitete, sich noch einmal damit befasste? Völlig sinnlos wäre das, dann würde er sicher ganz drauf verzichten. Und ob ihm Staszkiewicz am Mittwoch überhaupt freigab? Wahrscheinlich würde es heißen, dass er keinen Anspruch mehr auf Urlaub habe. Kein Mensch, der nicht schon einmal in einer Institution wie seinem Archiv gearbeitet hatte, konnte sich vorstellen, wie überaus unerquicklich es war, mit seinem Chef eine Vereinbarung über irgendetwas zu treffen, was dann später verbindlich gelten sollte.

Ich fahre einfach nicht, verdammt noch mal, ich schicke ihnen eine schriftliche Absage und der Fall hat sich. Wenn sie es wirklich herausbringen wollen, dann machen sie ja sowieso was sie wollen. Grzegorz sprach laut vor sich hin, um sich selbst davon zu überzeugen.

Nach acht Uhr rief er Teska an.

«Super», sagte sie. «Ich bin in dem Moment zurückgekommen. Wie geht's dir? Warst du beim Zahnarzt?»

Er log, sagte, er sei beim Zahnarzt gewesen, allerdings nicht dort, wo sie einen Termin für ihn ausgemacht hatte.

«Ich habe am Nachmittag bei dir angerufen und wollte fragen, ob du nicht bei uns vorbeikommen willst. Jacek ist gerade aus Deutschland zurückgekommen und hat dir Schallplatten mitgebracht. Ja, eigentlich erst am Sonntag, er konnte sich aber schon früher losmachen. Was es Neues gibt? Nichts, Karolinka war krank. Ausgerechnet als Jacek weg war, lag sie mit hohem Fieber im Bett. Ich bin eine halbe Woche lang alle zwei Stunden zwischen daheim und Geschäft hin- und hergependelt. Und bei dir? Auch nichts? Na gut. Kommst du morgen so gegen elf? Nicht später, wir müssen dann weg. Grüß die Alten, ciao!»

Als er am nächsten Morgen das Haus verließ, verschwand die Sonne gerade hinter den Wolkenmassen, die über der Kirche und dem durch den alten Weg nach Bartag in zwei Hälften geteilten Hügel dahinzogen. Kleine Schneekristalle wirbelten in der Luft wie die glitzernden Plättchen in einer geschüttelten Goldwasser-Flasche.

Niemand wusste, woher der kaputte Typ mit dem dreieckigen Gesicht, den Turnschuhen und den schauderhaften, smaragdgrünen Trainingshosen kam. Er stand bewegungslos, mit tief in den Taschen seiner Nylonjacke vergrabenen Händen an einen Eckpfeiler gelehnt, gleich neben der kleinen Treppe zwischen Gehsteig und Postamt. Immer stand er da, sommers wie winters, fast zu jeder Tageszeit. Er tauchte irgendwo aus dem Gewirr der Wohnblocks auf und verschwand ebenso unbemerkt wieder, wobei er einen Haufen im Sand zertretener Zigarettenkippen auf dem bröckeligen Randstein hinterließ. Manchmal war er in Gesellschaft eines Kumpels, dann trugen beide lilaweiße Trainingsanzüge. Der zweite trat unentwegt von einem Bein aufs andere. Er hatte graues Haar und sein Bauch quoll ihm zwischen Hosen- und Jackenbund hervor. Das ließ ihn aussehen wie eine aufgeplatzte Kastanie. Sie tranken das billigste Bier, das sie aus dem nahen Kiosk besorgt hatten. Wenn es heiß war, lehnten sie sich faul gegen den von ihren Hintern bereits ausgebeulten Maschendrahtzaun, bei Frost schlugen sie ihre Füße gegeneinander, in die Dampfwolken ihres Atems gehüllt. Wenn sie sich unterhielten, klang es so, als schlügen sie mit Worten aufeinander ein. Die abgehackten Wortfetzen drangen bis in Grzegorzs Küche vor, von wo aus er die beiden beobachten konnte. Jetzt stand der eine wieder da, er hatte seine Mütze mit dem signalfarbenen, baumelnden Pompon tief in die Stirn gezogen und sah ihn darunter hervor mit seinen kranken, roten Augen unverwandt frech an.

Grzegorz rüttelte am eingefrorenen Garagentor-Schloss, bis er es endlich aufbekam. Das einfallende Licht gab den Blick auf die hässliche Motorhaube seines Trabis frei. Seine Mutter hatte währenddessen die Gardine zur Seite gezogen und schlug mit der flachen Hand gegen die Scheibe, um sich bemerkbar zu machen. Sie öffnete das Oberlicht.

«Grzegorz», rief sie. «Dein Vater ist Kohle holen gegangen.»

«Warum, verdammt noch mal? Ich habe gestern eine ganze Kiste voll angeschleppt!»

«Weiß ich nicht. Er sagt, dass es ihm zu wenig ist. Ach geh, schau doch selber! Kalt!»

Sie ließ das kleine Fenster krachend zufallen.

Sein Vater stand im Schuppen mit dem Rücken zum Eingang. Langsam häufte er die schwarzen Brocken auf die große Schaufel mit ihrem glattgewetzten Stiel. Er hustete und krümmte sich im Zeitlupentempo zusammen. Gerade war er drauf und dran, die Last vom Boden aufzuheben, um sie in eine Kiste, die noch aus der deutschen Besatzungszeit stammte, zu schippen, als Grzegorz ihm die Hand auf die Schulter legte.

«Lass mal, Papa. Es genügt schon.»

Die großen, grauen, verschwommenen Augen seines Vaters blickten ihn ernst durch die dicken Brillengläser an.

Grzegorz nahm ihm die Schaufel aus der Hand und schob ihn behutsam Richtung Tür.

«Wie kalt es ist», flüsterte sein Vater.

«Ja, du hast auch nur einen Pullover an. Du wirst dich noch erkälten.»

Sein Vater kehrte jedoch nicht ins Haus zurück, obwohl er vor Kälte zitterte. Er ging in die Garage, stellte sich neben das Auto und betrachtete es verbittert.

«Du kümmerst dich einen Dreck um den Wagen.» Er wiederholte die Worte fast tonlos und zeigte auf die Rostflecken der Blechabdeckung unter der vorderen Stoßstange. Er öffnete die Wagentür einen Spalt und steckte den Kopf in das Innere. «Überall Staub, auf der Fußmatte steht das Wasser. Im Winter muss man immer die Schuhe abklopfen, bevor man einsteigt.»

Er bückte sich mit sichtlicher Mühe und schaute zwischen den Rädern durch.

«Da tropft Öl raus, der Simmerring auf der Halbachse ist hinüber. Du fährst zu schnell, gibst Vollgas und dann bremst du wahrscheinlich mit dem dritten Gang! Du solltest die Sachen mehr schonen! Aber nein, angeben willst du!» Dann legte er los: «Eiserne Regel: Benzin und Öl, fünfzig zu eins, und komm mir nicht mit Mixtol, nur mit Lux funktioniert es, Lux vermischt sich am besten mit Benzin. Zuerst muss man es mit der Hand mischen und dann erst einfüllen, vorsichtig fahren, den Leerlauf benutzen, bremsen erst nach dem Auskuppeln, sonst nutzt sich das zu schnell ab. Glaub bloß nicht, dass ich dann wieder nach Lublin fahre, um neue Zylinder und Kolben zu besorgen.» Er sprach ohne eine Spur von Vorwurf in der Stimme, es klang eher wie ein eindringlicher, leise gesprochener Vortrag, mehr guter Rat als Strafpredigt für einen halbwüchsigen Sohn. Die grauen Augen hinter der riesigen altmodischen Brillenfassung, die an eine Skibrille erinnerte, schauten forschend, sie drückten seine ganze Konzentration und Sorge aus.

«Mieczyk! Mieczyk!», tönte es vom Hof her. «Komm rein, und nimm deine Pillen.» Grzegorz nahm den Vater leicht bei der Schulter und schob ihn mit den Fingerspitzen, fast unmerklich in Richtung Haus. Vielleicht war es gut so. Für den Vater war die Zeit stehen geblieben. Einst und heute – das waren leere Worte, was für ihn nur noch zählte, war das Durchhalten. Er lebte so vor sich hin, seine Stunden flossen ruhig und ohne Angst vorüber, ohne Zusammenhang mit dem wirklichen Lauf der Welt. Oder gab es einen Zusammenhang? Vielleicht bestand er gerade in der langsamen Loslösung von allem, einer Loslösung, die sich in schlaflosen Nächten ankündigte, mit der Angst vor jedem Schritt und mit dem wachsenden Bewusstsein dessen, dass sich eine immer dickere Trennwand um einen schloss, die eine immer umfassendere Vereinsamung spürbar werden ließ, dachte Grzegorz, als er die gebeugte Gestalt seines Vaters im Vorzimmer des Hauses verschwinden sah.

Dieses Gefährt war zum Symbol für die Technik des vollkommensten Gesellschaftssystems aller Zeiten geworden und es hatte dadurch die kühnsten Träume seiner Konstrukteure noch übertroffen. Es in Bewegung zu setzen glich einem rituellen Akt, den nur eine Elite auszuführen imstande war. Es erforderte Disziplin, eisernen Willen, Pedanterie und ein präzise aufeinander abgestimmtes Zusammenspiel aller Bewegungen des glücklichen Besitzers, ein Zusammenspiel, das dem exakten Gleichschritt von Teileinheiten der nationalen Wehrmacht auf einem winterlichen Truppenübungsplatz gleichkam. Zuerst musste man unter dem Armaturenbrett den Benzinhahn aufdrehen. Dann mit dem linken Fuß die Kupplung treten, damit das dickflüssig gewordene Öl nicht zu viel Widerstand leistete, den rechten Fuß aktionsbereit auf dem Gaspedal. Mit der linken Hand den Kaltstartknopf herausziehen, mit der rechten der Griff nach dem Zündschlüssel. Tief durchatmen, schlucken, ein starkes Signal vom Gehirn und die rechte Hand dreht den Schlüssel im Zündschloss. Das mechanische Gelächter: Mehehehe! Mehehehe! Linke Hand – sofort den Choker zur Hälfte zurück, rechter Fuß – Gaspedal halb hinunterdrücken. Schnell, schnell! Das musste klappen, wie in der Krimiserie *Telefon 110.* Funktioniert! Also, jetzt mit Gefühl: Choker zurück, mehr Gas. Gewonnen! Das triumphierende Kreischen des Zweitakters erfüllte die Ohren, der eisige Wind zerfetzte die weißen Dampfwölkchen, die aus dem Auspuff quollen, ein Zittern erfasste die ganze Duroplastkarosserie. Jetzt also die Gangschaltung, den neben dem Lenkrad herausstehenden Aluminiumhebel mit dem schwarzen Handgriff nach unten drücken, langsam anrollen, hinausfahren. Die ganze Welt liegt uns zu Füßen! Das Leben gehört den Siegern!

Es herrschte leichtes Schneegestöber, die Scheibenwischer erfassten die ersten Flocken mit einem ärgerlichen Quietschen des mürben Gummis. Wenn er so auf der Sikorski-Straße in Richtung Zentrum dahinraste und mit schweißnassen Händen das bedenklich vibrierende Lenkrad umklammerte, dachte er manchmal an vergangene Zivilisationen.

Zivilisation, das war für Grzegorz nicht nur eine Generation von Köpfen samt Inhalt und tonnenweise voll geschriebenes Papier, sondern auch die Summe aller gespeicherten Eindrücke,

Empfindungen und deren Bruchstücke – Gerüche, Formen, Farben.

Er ist nach Deutschland gefahren. Er ist aus Deutschland gekommen. Wie leicht gehen einem heute diese Sätze über die Lippen. Vergangen war nicht nur das eine Deutschland, dieses märchenhafte, nur noch in den Legenden lebendige Land der Schwindel erregenden Einkünfte, der Supermärkte und der spottbilligen Gebrauchtwagen, sondern auch das Deutschland, das jetzt näher gerückt und verständlicher geworden war und das gnädigerweise mit einem Stempel im Personalausweis zugänglich geworden war.

Die DDR war eine Welt, die nicht mehr existierte. Die von Hitler gebauten Autobahnen, nebeneinander gelegte Betonplatten, ausgefahren und durchgebogen, auf denen man Entfernungen an der Anzahl der Stöße über die Fugen messen konnte, und die Geschwindigkeit am Rumpeln und Ächzen des durchgerüttelten Fahrgestells. Die Luft hatte dieselben gedämpften Farben wie auf den Orwo-Dias vor Jahren. Auf den Hauptverkehrsadern fuhren nicht mehr als drei verschiedene Sorten von Autos, die alle wie Kisten aussahen: eckig und einfach, so wie die Wohnhäuser, die Plätze und die prospektähnlichen Straßen – Walter Gropius' Alptraum. Man fuhr in die DDR, um ein Bier zu trinken oder um Schuhe zu kaufen, oder auch, um aus den Fenstern des rotierenden Cafés auf dem Fernsehturm in Berlin ein paar sehnsuchtsvolle Blicke auf den Teil der Stadt zu werfen, der hinter der unbezwingbaren Mauer lag, auf die Stadt, deren grelle Straßenbeleuchtung und farbige Neonreklamen sich vom Sommerhimmel abhoben wie ein Licht in der allgegenwärtigen

Glanzlosigkeit. Die DDR war ein lieblos inszeniertes Land gewesen, wie ein Spielzeuggeschäft, in dem die Errungenschaften des ganzen Ostblocks, die Ideale der befreundeten Nationen, die Argumente gegen den ideologischen Feind aus dem Westen ständig zur Schau gestellt wurden. Hier hatten alle Arbeit, die Preise blieben immer gleich, die Zeit für die Beschaffung materieller Güter unterlag der strikten Reglementierung seitens der Obrigkeit. Trotz dieser Behaglichkeit, der Trägheit und Sicherheit mit der man jeden Schritt tat, egal ob in Berlin, Dresden, Leipzig oder Rostock, erinnerte dies alles auf äußerst merkwürdige Weise an etwas. Worin dieses Etwas allerdings bestand, das wagte keiner der ernsthaften, gründlich gewaschenen, dunkelbebrillten Staatsbürger, die in Hemden mit kurzen, also ellbogenlangen Ärmeln daherkamen, laut auszusprechen. Der Alexanderplatz sah an Feriennachmittagen aus wie die Parks in San Francisco im Jahre 1967, nur dass die Hauptthemen der Hippiejugend, die aus den verschiedenen Teilen des Ostblocks gekommen war, sich um den Brunnen herumgruppiert hatte und sich unter dem wachsamen Auge der Volkspolizei durch Zeichensprache verständigte, nicht etwa die Liebe, der Frieden oder die Rückreise waren, sondern der Schwarzmarkt: Was konnte man wo und für wie viel erstehen oder wieder an den Mann bringen?

Die Flaschen in den Auslagen sahen von weitem so aus, als ob sie Whisky, Markengin oder Rum aus der Karibik enthielten. Wenn man jedoch näher hinschaute, stellte sich heraus, dass es sich um klebrige Liköre und mit Glyzerin versetzte Weinbrände handelte, wie sie hier in der Gegend hergestellt wurden. Ein junger Besucher aus dem Polen der Lumpen und verstaubten Baskenmützen, einer, der womöglich noch nie zuvor im Ausland gewesen war, konnte sich leicht vom bunten Feuerwerk der Tüten und Dosen in den Lebensmittelgeschäften blenden lassen. Es schien für die DDR nicht ausschlaggebend zu sein, ob sich in ihnen nur in Scheiben geschnittene Sülze und Leberwurst verbarg – das Wichtigste war doch, dass sie zumindest von außen so aussahen, als kämen sie von drüben, ein Wort, das man wie den Namen eines verbotenen Gottes nicht auszusprechen wagte. Sogar die Revue-Girls erinnerten an drüben, wenn sie nach preußischer Art im Farbfernsehen die Beine schwangen, die staatlich angestellten Rockmusiker genauso wie die Hochglanzmagazine für die Frau, die voll mit Fotos von appetitlich angerichteten Mahlzeiten und Berichten über Reisen durch die Sowjetunion waren. Alles wurde imitiert: Coca-Cola, Players-Zigaretten, die christlich-demokratische Partei im Parlament, sogar die Riviera und die Strände auf den Kanarischen Inseln – für diese hatte man Ersatz gefunden, indem man den braven Staatsbürgern Urlaub im freundschaftlich verbundenen Bulgarien anbot. Die imitierte moralische Gesinnung erwies sich bei näherem Hinsehen jedoch als pure Niedertracht, verpackt in ein Mäntelchen von Rechtmäßigkeits-Schlagworten. Dabei wurde das Verfassen von Denunziationen und das Schießen im Grenzgebiet auf diejenigen, die aus diesem Paradies flüchten wollten, als eine Tugend angesehen. In Wirklichkeit war das Paradies aber nichts anderes als das überladene Schaufenster eines abgewirtschafteten Systems, die real anmutende Dekoration für einen Film von Glück und Wohlstand. Nur dass dieser Film nie gedreht worden war.

Vergangene Zivilisationen waren der wichtigste Bestandteil des Szenariums seiner Jugend gewesen. Sie hatten bewirkt, dass seine Jugend schön und nur von kurzer Dauer gewesen war. Während er noch über die Tücken unserer Bestimmung und über den immer näher rückenden Abgrund nachdachte, wo man die abgelaufene Filmrolle des Schicksals mit all den einzelnen Bildern wieder aufwickeln würde, hatte er die Kościuszki-Straße schon hinter sich gelassen und bog in eine schmale Gasse ein. Er parkte vor einem Neubau mit Dachgauben, roten Kaminen und einem gläsernen Dach über dem Eingang, und nachdem er sich durch die Gegensprechanlage angekündigt hatte, fuhr er in den dritten Stock.

Teska öffnete die Tür. Noch immer hatte sie die Anmut eines jungen Mädchens, mit diesen katzenartigen, immer weichen und runden Bewegungen. Sie trug erstklassig sitzende Hosen und war gerade dabei eine Birne zu essen – sogar die Art, wie sie die Hand mit der angebissenen Birne bewegte, schien Grzegorz ein vollendeter poetischer Akt zu sein. Im Vorzimmer rutschte er wie üblich auf dem glatten Fußboden aus. Der Boden war kühl und weiß wie die Antarktis im Nebel. Karolinka, die gerade heruntergelaufen kam, um zu sehen, wer gekommen sei, lachte wie eine Mickey Maus.

«Hej, pass auf», lispelte sie.

Er zog zwei Bountys aus der Tasche.

«Sag brav danke und gib Łukasz eins ab», sagte Teska. «Łukasz klebt vor dem Computer. Sein Vater hat ihm schon wieder etwas Neues mitgebracht und jetzt kann er sich nicht losreißen. Komm rein, Grzesiek!»

Sie gingen ins große Zimmer. Diesen Raum mochte er sehr, denn hier konnte er sich ein bisschen so fühlen wie die jungen, wohlhabenden Leute aus den Krimis im England der sechziger Jahre. Eine schlichte Imitation einer steinernen offenen Feuerstelle, daneben ein formvollendet geschmiedetes Kaminbesteck, das Werk eines stadtbekannten Kunstschmieds und ehemaligen Journalisten. Jalousien, sehr helle Wände, einige wenige Möbel in verschiedenen Grautönen, die Treppe zum Schlafzimmer und zu den Kinderzimmern. Fast keine Ziergegenstände, nur ein paar schlanke Tonkrüge und zwei Sofas, die sich vor dem Kamingitter gegenüberstanden.

«Und? Was gibt's Neues? Wie läuft der Laden?»

«Setz dich, Jacek kommt gleich. Er ist noch mal in die Firma gefahren, weil gerade Kleber geliefert wird.» Sie strich ihr kurz geschnittenes Haar glatt. «Es ist eine ziemliche Schinderei. Billige Klamotten, Feinkost – damit kann man Geschäfte machen, aber Kacheln ... Dabei haben die Leute inzwischen jede Menge Kohle. Einige jedenfalls», fügte sie hinzu, wobei sie eine ihrer Mienen schnitt. Früher hätte er das Schmollmündchen genannt.

Plötzlich hörten sie aus der Küche das Scheppern und Poltern herunterfallender Töpfe und Deckel, irgendwelche Bleche oder metallenen Gefäße krachten auf den Fußboden.

«Herrgott, was für ein furchtbares Kind!» Sie sprang auf.

Gleichzeitig rannte Karolinka in heller Aufregung und mit einem Ausdruck des Triumphes auf dem schokoladenverschmierten Gesicht aus der Küche, sie hüpfte kokett und zog eine schwere Bratpfanne an ihrem langen, roten Griff hinter sich her.

«Manchmal glaube ich, ich schaffe das alles nicht mehr», seufzte Teska, nachdem sie alles wieder in Ordnung gebracht und sich auf das Sofa fallen gelassen hatte. «So ein kleines Kind – ich bin wohl schon aus dem Alter heraus. Als Łukasz so klein war, vor zehn Jahren, da habe ich mich nicht so groggy gefühlt. Und damals sind wir doch noch herumgereist, nach Ungarn, in die Türkei, haben uns abgeschleppt, wochenlang, mit all dem Gepäck. Ihn haben wir einfach bei irgendjemandem abgestellt.»

«Nimm dir vielleicht ein Kindermädchen oder so was», riet er ihr gleichgültig.

«Hm, deshalb habe ich ja gesagt, ich glaube, dass ich es nicht schaffe. Ich schaffe es nämlich doch. Wenn man vom Fleck kommen will, muss man sich auf die Socken machen – und sich nicht hinstellen und jammern, dass einem die Füße wehtun oder dass es regnet. Man muss sich einen Stoß geben! So!» Mit einem grimmigen Lächeln hielt sie ihm die geballte Faust unter die Nase. «Wenn du nämlich einmal einen gewissen Schlendrian einreißen lässt, dann wird dein Leben schnell zu einem Saustall und du wirst bald merken, dass es immer schwieriger wird, da wieder rauszukommen. Ist doch so, oder? Höchste Zeit, also.»

«Na, übertreib mal nicht! Soll ich dem Staszkiewicz meine Zähne zeigen? Oder der Frau am Kiosk? Ich habe bis jetzt mit niemandem irgendeinen Streit auszutragen und habe auch sonst eigentlich keinen Grund zu kämpfen», verteidigte sich Grzegorz.

«Ach, das hat man immer. Sonst wäre das Leben zwar leicht aber auch gehaltlos – morsch wie Zunder. Magst du was Feines trinken? Ach, sicher bist du mit dem Auto unterwegs … Ich mache

Kaffee. Du Ärmster, dass du immer noch in dieser Pappschachtel herumfährst!»

Er zuckte mit den Achseln. «Ich gehe wieder. Wir haben wohl heute philosophische Anwandlungen.»

«Ach Quatsch.» Sie schüttelte den Kopf und sagte ernst: «Ich möchte ja nur, dass du es auch endlich einmal gut hast.»

«Hm. Danke!»

«Noch ein bisschen Geduld. Ich habe mit Jacek darüber geredet. Demnächst werden wir dir ein paar Złoty borgen können. Für einen gebrauchten Polo wenigstens.»

Es kam ihm dämlich vor, darauf etwas zu erwidern, er konnte sich nur zu einem vieldeutigen Mhm durchringen, auf alle Fälle in ironisch-skeptischem Tonfall. Übrigens wusste er sowieso keine bessere Antwort, stattdessen rührte er in seiner Tasse und hörte Teska zu.

«Weißt du, ich denke immer häufiger an die alten Geschichten. Manchmal fahre ich da vorbei, du weißt schon, an eurem Haus, und dann werde ich immer irgendwie rührselig. Einmal habe ich mich sogar mit Jacek ein bisschen in die Wolle gekriegt. Ich bin abends hingefahren und bei der Post stehen geblieben. Es war wie im Film, es hat geregnet, ich hatte einen Ledermantel an, den Kragen hochgeschlagen. Ich habe dir das gar nicht erzählt. Ich habe Zigaretten gekauft und geraucht und geheult. Dabei habe ich mir vorgestellt, was du gerade machst. Nach der dritten Zigarette war mir kotzübel, ich bin wohl aus der Übung. Das Auto hat noch ein halbes Jahr lang gestunken … Wie sieht es denn bei dir da oben jetzt aus?»

«Wie immer, ich stelle selten etwas um.»

«Ich würde gerne mal wieder vorbeischauen. Nur kurz. Lad mich mal ein, irgendwann! Wenn die Alten halt einmal weg sein sollten», sagte sie nachdenklich, wobei sie ihren Blick an der Zimmerdecke herumschweifen ließ.

«Ich nehme an, dass die einfach immer da sein werden.»

«Wie dem auch sei – es war jedenfalls eine schöne Zeit. Ich erinnere mich noch, was das für eine Strapaze war, als du mit Wiesiek die Außentreppe gebaut hast, damit ich deiner Mutter nicht dauernd über den Weg laufen musste. Wie du das Bad gemacht hast, damit ich nicht zu ihnen hinuntergehen musste. Wahrscheinlich bin ich blöd gewesen, sicher sogar. Ich hätte ja einfach nicht mit ihnen reden können, einfach nur grüß Gott und wie geht's und aus. Aber es ist wohl im Grunde genommen nicht darum gegangen. Wie es morgens immer war, diese Autobusfahrten, dieses Büro, wo mir dein Vater großzügigerweise einen Job beschafft hatte, diese Weiber dort, dieser grauenvolle Kaffee im Glas und diese tristen Sonntage, an denen man die Bügelwäsche erledigte, der Geruch nach diesem billigen Parfum, die Dienstgeschenke deiner Mutter und die wunschgemäßen Frisuren. Und dieses Geschwätz, dieses ewige Geschwätz: über die Bekannten, über die Ehemänner, die bei der Polizei waren, über die Fernsehserie *Das Spital am Stadtrand*, darüber wer mit wem und wie, über Kuchenrezepte, über Krankheiten und über Kinder, dieser ganze gekünstelte Schmarren, den man durchhecheln musste und dazu ein Statement abgeben, damit man es verdiente, als ordentlicher Mensch anerkannt zu werden, als einer, der sich nicht über andere erhebt und der einen Platz im Leben hat. Ich habe mich gefühlt wie in ein Schraubglas gesperrt. Und deshalb musste ich unbedingt eine Entscheidung treffen, das war der reine Selbsterhaltungstrieb und keine Gemeinheit meinerseits oder so etwas. Wenn ich doch nur auch dich da herausholen hätte können, irgendwohin abhauen, was weiß ich …»

«Jetzt steigerst du dich hinein.» Er winkte ab. «Das ist doch Schnee von gestern. Lass es gut sein!»

«Ja, das ist vielleicht gescheiter. Warte mal, ich habe ein paar tolle Sachen für dich.»

Sie streckte sich, lief hinaus und kam mit einer Plastiktüte zurück, aus der sie einen Haufen Sachen zog.

«Schau, was für ein todschicker Pullover. Würde im Geschäft so an die vier Melonen kosten, wenn man überhaupt so etwas findet. Die Trottel hier führen so was ja nicht. Oder dieses Sakko. Grau, Superschnitt. Jacek war ganz scharf drauf, aber für ihn ist es etwas zu klein. Ah, und dieser Shetlandpullover? Scheint mir genau das Richtige für dich zu sein, dunkel und lang. Fühl mal, wie weich!» Sie breitete die Sachen auf dem Sofa aus und kommentierte jedes einzelne Stück mit leuchtenden Augen und gerötetem Gesicht.

Er schluckte. «Weißt du was? Das geht irgendwie nicht. Du wirst mir doch nicht dieses Secondhand-Zeug andrehen wollen? Ich kann das nicht annehmen, echt, mach ich einfach nicht, vielen Dank!»

«Spinnst du? Secondhand? Hast du noch nie was von Ausverkauf gehört? In jedem normalen Land kann man für ein paar Groschen kiloweise die Fetzen kaufen, die nach der Saison noch übrig sind. Das hat alles Jacek mitgebracht, für uns auch. Außerdem, was würde das schon ausmachen, wenn es gebrauchtes Zeug wäre? Wenn du wüsstest, wie viele Kleider ich aus Secondhand-Läden habe. Ich hätte mir im Leben nicht so viele Klamotten kaufen können. Da, schau, das war ein Volltreffer, echte Lee Cooper's aus Amerika. Wie gemacht für dich, fest und wahrscheinlich nicht kaputt zu kriegen, nicht so ein thailändischer Plunder. Mein Gott, wenn sie nur auch noch passen würden! Probier sie mal an, los!» Sie schob ihn ins Vorzimmer und schloss die Tür.

Er zog also wohl oder übel seine Schuhe und Hosen aus, wobei er wieder um ein Haar auf dem spiegelblanken Fußboden, der rutschig wie eine schmelzende Eisfläche war, gelandet wäre. Als er so in Socken und Unterhosen dastand und die Jeans gerade an den Gürtelschlaufen hochziehen wollte, um ihre teuflisch festen Nähte und die authentische tiefblaue Farbe zu bewundern, hörte er wie sich ein Schlüssel im Türschloss umdrehte und Jacek kam herein.

«Da haben wir's. Der Hausfreund – in der Unterhose», konstatierte er. «Na? Die sind super, was? Mir leider zu eng.»

«Weil du in die Breite gehst wie ein ausgetretener Pantoffel», tönte es aus dem Wohnzimmer.

So tauschte er also ohne weiteren Widerspruch seine alten Hosen gegen ein Paar echte Lee Cooper's aus Amerika, die nach gutem Waschmittel und Segeltuch rochen. Jacek leerte den Inhalt einer weißen Plastiktüte auf das Sofa.

«Alles Originalaufnahmen. Einzigartige Raritäten, was ich dir da mitgebracht habe! Schau her: Spooky Tooth, Ashra, Steppenwolf, Pentangle, Cruel Sister, Vanilla Fudge. Wer kennt heute noch Vanilla Fudge? Dann noch ein Sammelalbum von den Doors. Von den Doors hast du noch nichts gehabt, oder?»

Es gab noch mehr CDs. Er sah der Reihe nach die Plastikhüllen mit den Miniatur-Covers der einst legendären Alben durch. Früher waren das Wunschträume gewesen, unerreichbar, heftig begehrter Inhalt hitziger Diskussionen über Musik, die er mit seinem Freund Andrzej führte, wenn sie von der Schule heimgingen und noch eine Stunde an der Ecke der Dąbrowszczaki-Straße und der Mazurska-Straße stehen blieben oder wenn sie abends zu Roman auf seine Bude gingen. Jetzt konnte man diese Musik bis zum Überdruss von den kleinen, harten Plastikscheiben anhören, eine nach der anderen dieser silbrigen Erinnerungen an vergangene Zivilisationen auflegen. Man konnte ihren Sound in einem Ausmaß in sich aufsaugen, wie es früher wohl ausschließlich den Plattenproduzenten vorbehalten gewesen war. Allerdings verflachten die CDs auch die Spuren der Zeit, bewirkten, dass die nun kristallen klingenden Stimmen etwas von ihrer Melancholie, die vor über zwanzig Jahren in ihnen mitgeschwungen war, verloren hatten und dass sie nicht mehr dieselben Gesichter, Gerüche, Sonnenflecken heraufbeschwören konnten. Dabei machten diese Stimmen den Hörer aber auch heute noch scheinbar ein für alle Mal jung und rein, jagten ihm mit der Patina der Vergänglichkeit Schauer über den Rücken und verwandelten diese in Millionen von Ziffern. Dem jungen Musikhörer von heute war es völlig egal, ob er die Stimme von James Lowe, dem Sänger der Psychedelic Band Electric Prunes von einer Aufnahme aus dem siebenundsechziger Jahr hörte oder D.J. Bobo von einer Scheibe, die erst vor einem Monat auf den Markt geworfen worden war. Für ihn war ausschließlich der Geschmack der künstlerischen Produktion ausschlaggebend, weil für ihn beide Stimmen aus ein und derselben völlig abstrakten elektronischen Dimension kamen, wo alles ausschließlich jetzt passierte, auf dem schmalen Grat zwischen zwei Abgründen der Ewigkeit – die es ja doch nicht gab.

Grzegorz stapelte die CDs zu einem Turm und wog diesen in der Hand.

«Ich weiß nicht, ob ich genug Kohle habe.»

«Zerbrich dir mal nicht den Kopf wegen der Kohle.» Teska war aus den Hausschuhen geschlüpft, hatte die Beine angezogen und die Wange auf die Knie gelegt. Sie sah ihn an wie ein altkluges Kind.

«Mensch, hör auf zu spinnen», knurrte Jacek ungeduldig. «Das meiste ist chinesischer Verschnitt, aber guter, das hat es gerade in Berlin akkurat für ein paar Mark gegeben. Ein Bekannter hat mich nach Kreuzberg mitgenommen. Das hättet ihr mal sehen sollen. Das war kein Laden, das war ein Keller. Irgendwelche Typen sind da auf dem Boden herumgehockt, ein Transvestit ist gerade aus dem Laden gekommen, im Minirock, blond onduliert, so an die zwei Meter groß, dazu noch hochhackige Damenstiefel, die noch weiter reichten als die Gummistiefel von unserem Herrn Pruszczak, der hier die Straßen kehrt; der hat irgendeinen Sack und zwei Bretter in der Hand gehabt, die er in seinen mit Röschen beklebten Renault geladen hat. Der Verkäufer war wohl ein Jugo, eine recht wilde Gestalt, mit einem Messer in der Pranke. Der hat nur so gescheppert, klar, dass das da keine legale Ware war, konnte man ja auch zehn Meilen gegen den Wind riechen. Egal, ich bin trotzdem reingegangen, man muss sich zusammenreißen, wenn man Schiss hat im Leben, dann zahlt man drauf. Was es da nicht alles gegeben hat: Blusen, Räucherstäbchen, koreanischen Schlangenschnaps, Körbe und Kokosmatten, weiß der Teufel was noch alles, wahrscheinlich bei Bedarf auch Koks und Heroin, na, und die CDs eben. Tausend oder mehr, in irgendeiner Grabbelkiste im Eck, die sah aus wie ein Mülleimer. Eine Menge LPs gab es auch, noch originalverpackt. Alles um ein Spottgeld, ich habe nicht gewusst, wobei ich zuerst zuschlagen soll. Übrigens habe ich auch für mich ein paar Sachen gefunden», erzählte Jacek aufgekratzt.

«Kinder, ihr werdet wohl nie erwachsen», unterbrach ihn Teska. «Könnt ihr denn nicht demnächst einmal eure verdammte Spätzündung betätigen?»

Entgegen seines bereits getroffenen Vorsatzes bog er an der Kreuzung mit der großen Reklametafel, auf der das Gesicht eines jugendlichen Geschäftsmannes für eine Zigarettenmarke mit dem Ausruf «Ich rauche leicht!» warb, nicht ab, um nach Hause zu fahren. Er fuhr geradeaus weiter, auf eine Ansammlung von Hochhäusern zu, die aussah wie mehrere gigantische, aus der Erde gezogene, senkrecht emporragende Schubladen. Auf einem mit Schlaglöchern übersäten Parkplatz, inmitten einer gespenstischen Landschaft von Häusern, die ihn aus dunklen Fenstern anglotzten, ließ er sein Auto stehen, wartete angstvoll ab, bis eine Gruppe kahl geschorener Typen in kurzen Lederjacken auf dem Gehsteig vorbeidefiliert war und ging durch einen der Eingänge, in dessen Schlund der faulige Karbidgestank des Müllschluckers in der Luft stand.

Im achten Stock läutete er. Elwira war zu Hause.

«Hej!», sagte sie, als sie seiner ansichtig wurde.

Sie war klein und nervös. Wie ein Grashüpfer im grünen Wams mit einem Stirnband im Haar lief sie hierhin und dorthin, ihre Stimme erreichte ihn aus allen Ecken der Wohnung.

«Gut, dass du da bist. Ich habe mir schon gedacht, dass du kommst. In der Küche, hat es gestern einen Kurzen gegeben, Mist. Die Waschmaschine lief gerade, keine Ahnung, was man da macht. Irgendwie habe ich das Zeug in einen Kübel gestopft, aber das Wasser steht noch in der Maschine, wie kann ich das bloß rauskriegen? Isst du ein bisschen Barschtsch?»

Er setzte sich auf die Bank, die wohl irgendwann einmal eine Hochglanzsitzfläche gehabt hatte, aber nichtsdestotrotz ein wahrhaftes Foltergerät war – wenn man darauf saß, schliefen einem unweigerlich die Beine ein und der eingezwängte Magen verkrampfte sich.

«Ist Damian gar nicht da?», fragte er.

«Bei der Oma. Sind doch Ferien!» Sie wunderte sich, dass er das nicht wusste. «Er sollte eigentlich zum Vater. Ist er aber nicht. Dem lieben Papa ist was Wichtigeres eingefallen. Dafür hat er nicht fünfhundertfünfzig sondern sechshundertfünfzig geschickt. Ist doch spendabel, was?»

Sie legte ein kaffeebeflecktes Tischtuch auf, rückte den metallenen Kerzenhalter mit seinen gelben Kerzen in Apfelform zur Seite und stellte die dampfenden Teller auf den Tisch.

«Was hast du inzwischen getrieben?» Sie schaute ihn durch ihre etwas zu stark geschminkten Wimpern an. «Ich hätte schon fast einmal angerufen, aber dann …»

«Du weißt ja wie das ist. Man kommt heim und kann sich nicht mehr aufraffen irgendwohin zu gehen. Dann noch die Alten! Ich wollte sogar einmal bei dir vorbeischauen, ich glaube das war am Dienstag, aber ich hätte dich wahrscheinlich nur gestört.»

«Ich war die ganze Zeit alleine. Bei uns ist aber auch immer was los. Wir kämpfen gerade mit der neuen Berechnungsgrundlage für die Sozialhilfe, Buchhaltung bis zum Gehtnichtmehr, einmal bin ich bis sieben dagesessen. Hej, neue Hosen! Und? Teuer?»

«Eine Million achthunderttausend und ein paar Gequetschte.»

Sie stellte den Fernsehapparat ein. Auf 3 Sat war die Bildfläche mit sonnendurchflutetem Himmelblau übergossen. Weiße Boote schaukelten sachte an einer Mole, am Strand entlang spazierten schlanke, braun gebrannte Menschen, ein kleiner Bub kam gelaufen, er hielt einen Strohhalm im Mund, der in einem bunten Pappbecher steckte. Einige Sonnenschirm-Reihen schützten die adrett auf ihren Liegestühlen hingestreckten Touristen vor der Hitze und der Meereswind spielte in den Wipfeln der Palmen. Anschließend ruhige Gässchen, Bungalows umrahmt von kühlem Grün, Swimmingpools aus Marmor, worin das Wasser noch blauer als der Himmel war. Überall ertönte Gelächter – auf dem Flughafen vor dem Start der kleinen, wie Luxuslimousinen glänzenden Privatjets, vor der Schauvitrine eines Juweliers, die von oben bis unten mit Clustern aus Gold voll gehängt war, am Tischchen des dunklen Teehauses, wo man zu den sirrenden Klängen einer Sitar ein auf eigenen Plantagen angebautes und in einem Messinggefäß gebrautes Getränk schlürfte.

«Mauritius», verkündete Grzegorz kauend. «Port Louis.»

«Mit vollem Mund spricht man nicht! Ach, wie schön», seufzte Elwira. «Wenn man nur einmal dorthin fahren könnte, nur für einen Tag, um sich satt zu sehen. Dann hätte man doch gleich wieder mehr Lust am Leben.»

«Das ist doch alles nichts als Nepp für die Deutschen. Da schau, hier, hier», er tippte mit dem Finger auf den Bildschirm, «auf dieser kleinen Gasse geht man hinunter, dann nach links ein

Stück auf dem Boulevard am Meer entlang, dort wo sich die Wellen mit einer solchen Kraft brechen, dass das Wasser manchmal bis zu den Laternen hochspritzt. Ist halb so schlimm, denn dort herrscht ja eine Glut wie in einem Backofen und in einer Sekunde ist alles wieder trocken, aber man kann schon einen Schreck kriegen. «Und hier! Hier!», rief er, «hinter dieser Brücke beginnt der Hafen, das ganze Hafengebiet. Dort wagt sich keiner von diesen Strandläufern mehr hin. Schon allein wegen des Gestanks nach Tang und Fischen. Fische liegen überall ausgebreitet, auf den Persennings, in Körben oder sie werden gleich von den Booten aus verkauft. So ein abscheuliches Zeug, unsäglich. Entweder so riesige, mit offen stehenden Mäulern, wahre Schreckgespenster, oder längliche wie Schlangen oder mit Stacheln, gestreift, mit Tupfen, golden, rot. Gleich daneben liegen Austern, Seesterne, Langusten und Krabben. Das isst man dort wie bei uns Barschtsch. Eine Languste, die man hier im Ritz für ein Heidengeld serviert kriegt, kostet dort so viel wie bei uns ein Kilo Kartoffeln. Man kann dort alle Sprachen hören, es gibt Schwarze, Inder, Kreolen, Chinesen, weiß der Teufel, was noch alles. Und in der Hafengegend gibt es so verkommene Spelunken, dass nicht einmal das ärgste Gesindel oder der schwachsinnige Muskelprotz aus unserer Siedlung es wagen würde, einen Fuß dorthinein zu setzen – nicht mal in stockbesoffenem Zustand. Falschspieler, Bordelle, Opiumhöhlen, Piraten aus Taolanaro und Peros Banhos, die trinken da einen trüben Rum, der einem die Eingeweide zerfetzt, dagegen ist unser denaturierter Spiritus der reinste Chivas Regal, oder wenigstens Smirnoff Poker. In dem beißenden Qualm inmitten der baufälligen Einrichtung sitzt ein blinder Mexikaner mit einer Gitarre, oben wohnt eine zwölfjährige Hure mit einem Revolver unter dem Kopfkissen. Und wenn man morgens nach einer durchzechten Nacht mit stinkenden Klamotten, schwankend, mit dem übelsten Geschmack im Mund und brennenden Augen auf die Straße tritt, dann hat man plötzlich diese sagenhafte Komposition aus Weiß, Dunst und Saphirblau vor sich, diese Weite, Tausende von Meilen bis irgendwo an die Küste Australiens, bis Djakarta, Ceylon, was weiß ich. Und dann wünscht man sich nichts sehnlicher, als dass einem plötzlich Flügel wachsen!»

«Du bist vielleicht 'ne Nummer!» Elwira wandte sich ihm zu. «Als wärst du dort gewesen!»

«Vielleicht war ich ja dort», brummte er in seinen Teller.

Später, als er stumpfsinnig über den Einzelteilen des auseinander genommenen Sicherungsschalters in der Küche brütete, kam ein gewisser Felter, Nachbar von gegenüber und Geiger der städtischen Philharmonie, an die Tür. In der Hand hielt er die neue Zinsvorschreibung.

«Ist ja klar, warum. Der Kommunismus ist noch lange nicht vorbei», kommentierte er das Schreiben, noch auf der Schwelle stehend.

«Mir ist es völlig wurscht, wer regiert. Wenn, verdammt nochmal, jemals einer daherkommen sollte und die Mieten senkt, dann wird's mir nicht mehr wurscht sein. Aber diese dreisten Banditen, zur Hölle mit ihnen», ereiferte sich Elwira.

Felter schaute währenddessen in die Tüte mit den Schallplatten, die unter den Garderobehaken lag.

«Wissen Sie was, Grzegorz? Den Typen da habe ich gekannt.» Er stand noch immer auf der Schwelle und tränkte die Atmosphäre mit der aus morgendlichen Autobusfahrten wohl bekannten süßsäuerlichen, polnischen Atemluft.

«Was für einen Typen?»

«Na, diesen hier!»

«Den da?» Grzegorz zog eine CD mit dem Bild von Jim Morrison heraus.

«Hmm. Hat bloß ein bisschen anders ausgesehen, damals.»

«Den kenne ich auch. Jeder kennt ihn. Ich höre seine Musik schließlich bis heute.»

«Ich habe ihn aber persönlich gekannt. Wirklich! Glauben Sie es etwa nicht?»

Er knöpfte seine Jacke auf und setzte sich ungebeten rittlings auf einen Hocker.

«Ich habe sein Autogramm, hier, zu Hause. Jetzt muss ich gleich weg, aber wenn Sie wollen, dann kommen Sie doch abends einmal zu mir, dann zeige ich es Ihnen.»

«Mal sehen.»

«Ab Ende achtundsechzig hatte ich ein Stipendium in Paris. Das Einzige, was mir in meinem Leben gelungen ist.» Er zog die Nase hoch. «Wissen Sie, ich habe in Poznań studiert. Alle paar Jahre ist Sidonsky aus Frankreich gekommen, auf der Suche nach Talenten. Sie wissen ja, Arnold Sidonsky, der ist schon gestorben, war eine ziemlich bekannte Gestalt, Konzertmeister in der Oper, vor dem Krieg hat er bei Fichtelberg gespielt. Er hatte aus dem Ghetto in Łódź fliehen können, ist bei irgendwelchen Leuten untergekommen, die ihn versteckt haben. Das ist aufgeflogen, die Leute wurden umgebracht, aber er hat überlebt. Dafür hat er sich dann revanchiert. Er hat polnische Geiger nach Paris eingeladen, sie dort ausgebildet und ist für sie aufgekommen. Er hat mich mit dem Wieniawski gehört, den hatte ich ganz gut drauf, und da war dann auch schon das achtundsechziger Jahr, Sie wissen ja … Ich habe Glück gehabt, denn er hat mich genommen, und ich bin auch hingefahren. Ich habe schon gedacht für immer. Er wohnte mit seiner Frau in der Rue Beautreillis. Sie waren schon alt, manchmal haben sie Besuch von ihrer Tochter aus New York bekommen. Wissen Sie, Grzegorz, was die für ein Leben führten, riesige Zimmer, Mahagoni, Porzellan, Arbeitszimmer, Bibliothek, alles sehr elegant.» Er genoss das Erzählen sichtlich. «Ich habe im Dienerzimmer gewohnt, täglich hatte ich Unterricht beim Meister, habe geübt, ein bisschen war ich sein Sekretär, später auch Chauffeur, so war das. Und den da hat mir eine Studentin gezeigt, eine Deutsche, die zum Putzen zu uns gekommen ist. Sie hat mich ans Fenster gerufen und gesagt: Schau, da kommt der amerikanische Rockmusiker, der bei einem Konzert in Miami seinen Schwanz gezeigt hat! Er hat im Nachbarhaus gewohnt. Ich habe ihn dann noch öfters gesehen, vielleicht habe ich ab dem Zeitpunkt erst angefangen, auf ihn zu achten. Wissen Sie, dort, in Le Marais zum Beispiel, dort leben in jeder Gasse ein paar Weltberühmtheiten, das ist dort gar nichts Besonderes, kein Mensch dreht sich nach denen um. Der da ist immer auf der anderen Straßenseite gegangen, hinter den Autos, seinerzeit hat man dort noch parken können. Damals waren die Musiker, die Big-Beat gespielt haben, noch sehr jung und alle mager wie Bohnenstangen. Aber der hat schon immer ausgesehen wie ein Bierbrauer, dick, mit üppigem Bart, und er hatte beim Gehen irgendwie so etwas Bedächtiges. Am nächsten Tag habe ich mir aus purer Neugierde die Platte *Morrison*

Hotel gekauft, heimlich, damit der Alte es nicht merkte. Ich habe sie mir angehört, aber wissen Sie, was kann ein klassisch ausgebildeter Musiker von so einer Musik schon halten? Das ist so, wie wenn man ein wunderschönes echtes Bild mit einer Reproduktion auf einer Zeitungsseite vergleicht. Aber irgendetwas hat mir doch gefallen, vielleicht wie er auf dem Grat zwischen Kitsch und Geheimnis balancierte, oder zwischen Naivität und einer unwahrscheinlichen Tiefe des musikalischen Ausdrucks. Überhaupt die Stimme, dieser eine Song mit dem Blake-Gedicht! Früher habe ich keinen Big-Beat gemocht, weil die ja alle keine Kultur hatten. Die haben einfach nur gesungen: I love you, you love me, yeah, yeah, yeah.» Felter grinste abfällig. «Aber der da, der hatte Kultur. Ich habe also im Stiegenhaus gelauert, fast drei Tage, die Platte hatte ich unter den Arm geklemmt und dann kam endlich der Moment, wo ich mich auf ihn stürzen konnte. Sie dürfen nicht glauben, was die Biographen schreiben. Er ist nie allein unterwegs gewesen, immer hatte er zwei Leibwächter bei sich. Manchmal war auch eine Frau dabei, die wie eine Sekretärin aussah. Ich bin also zu ihm hingegangen und gleich stand ein Neger vor mir, groß wie ein Mammut, echt wahr, zweieinhalb Meter und hundertfünfzig Kilo Lebendgewicht, der ist zwischen uns gesprungen, um zu sehen, was ich will. Diese Pamela Courson habe ich nie gesehen. Ich habe gesagt, dass ich auch Musiker bin und was man halt so sagt, aber er hat kein Französisch verstanden, kein Wort. Da wollte ich einen Kugelschreiber aus meiner Tasche ziehen, aber der Neger hat das nicht erlaubt, sondern mir stattdessen seinen in die Hand gedrückt. Er hat irgendetwas gebrummt und auf dem Plattencover unterschrieben. Meinen Vornamen hat er auch draufgeschrieben, den habe ich ihm gesagt, und das Datum. Später hat er mich dann schon erkannt, er hat mir zugenickt, einmal hat er mir aus dem Auto zugewinkt. Er hatte so einen kirschroten Jaguar mit allen möglichen Antennen drauf, darin ließ er sich herumkutschieren. Ich habe erst im Juli erfahren, dass er gestorben war, da war sein Begräbnis schon vorbei. Und, wissen Sie, Grzegorz, das ging so ohne alles vor sich, keine Polizei, kein Krankenwagen, kein Tratsch bei den Nachbarn. Niemand hat etwas davon gewusst, obwohl», er senkte die Stimme, damit Elwira nichts hören konnte, «als ein paar Häuser weiter einmal irgendein Däne während des Beischlafs einen Schlaganfall bekommen hatte, da war eine Woche lang von nichts anderem die Rede, sogar die Nachmittagspresse hat darüber geschrieben. Ich habe sein Autogramm hier. Jetzt muss ich weg, aber kommen Sie doch abends auf einen Sprung bei mir vorbei, Herr Grzegorz, dann zeige ich es Ihnen, dann werden Sie es glauben.»

«Was für ein Schwätzer!», sagte Elwira, als Felter endlich gegangen war. «Wenn der ein bisschen angesäuselt ist, dann quatscht er solchen Mist zusammen, wenn er aber ordentlich was intus hat, dann kriegt er kein Wort mehr heraus, sagt weder muh noch mäh. Deshalb merkt man ihm zuerst gar nichts an. Er torkelt auch nicht, sondern bewegt sich lieber nicht vom Fleck, sitzt ganz steif da, als hätte er einen Stock verschluckt. Dann schleppt er sich zwei Stunden lang bis in den achten Stock hoch, weil er Angst davor hat, in den Lift zu steigen. Schau, so wirft er die Beine: zack, zack!» Sie machte es ihm vor. «Weißt du was, verdammt? Komm, wir fahren im Sommer nach Pluski! Grażyna, du weißt schon, die von der Kasse, hat dort ein Häuschen von ihrem Onkel. Sie hat gesagt, wann immer ich dorthin wollte … Komm schon, fahren wir? Ich bin schon zwanzig Jahre lang an keinem Lagerfeuer mehr gesessen!»

«Okay, wir fahren.» Er schob die Gardine zur Seite und blickte unwillig hinaus, wo dünne Schneeflocken die graue Luft zwischen den Häusern ausfüllten. «Ich muss mich wohl langsam aufmachen.»

Sie legte ihm die Hand auf die Schulter und schmiegte ihre Wange kurz an ihn.

«Vielleicht kannst du noch ein bisschen bleiben und wir trinken noch einen Tee?»

«Ich muss wohl wirklich. Meine Mutter marschiert doch gleich zur Polizei.»

«Ach komm, denk dir was aus und ruf sie an. Wir sind so selten zusammen.»

Abends schaute sie sich die Quizsendung *Va banque* an, dann im ersten Programm den Film *Größenwahn* und dann noch im zweiten Programm ein amerikanisches Psychodrama über Waisenkinder. Grzegorz blätterte währenddessen gelangweilt die Stöße von *Tina* und *Life dabei* durch, nickte dabei ein bisschen ein oder schaute sich die Scheußlichkeiten in Elwiras gemütlicher Bude an: in einer Ecke das getrocknete Schilfrohr in einer Kristallvase, an der Wand das in Leder geprägte Bild einer Landschaft, das sich bereits schwärzlich verfärbte und daneben tickte eine Plastikuhr in Blumenform mit vergoldetem, staubigem Zifferblatt und hellgrünen Zeigern.

Schließlich klappten sie das Sofa auseinander und bereiteten sich eine Schlafstätte. Es wurde still und warm. Elwiras vertraute, glatte Weichheit drängte sich an seine Seite und die ganze Hitze ihres Körpers übertrug sich auf Grzegorz. Doch er flog fort, hoch über die Stadt, in die dunkelblaue Stille, die nur gelegentlich gestört wurde: vom Rumpeln des Aufzugs, vom Geräusch herannahender Autos, die bei der Ampel an der Bahnhofsstraße die Geschwindigkeit drosselten, und vom besoffenen Gegröle irgendwo unten im Hof, was weder euphorisches Brüllen noch wüstes Sauflied, nicht einmal Fluchen war, sondern lediglich ein idiotisches Winseln, das in ein Würgen und Erbrechen überging, dessen Echo von allen Wänden zurückgeworfen wurde.

Was kann man schon träumen im achten Stock, unter einem Himmel, der wie ein großer, von einer ungeheuren Kraft ausgedrückter Schwamm den Schnee sachte durch den schwachen, orangenen Schein der Straßenlaternen rieseln lässt, einem Himmel, der sich wie ein Knebel in den Raum zwischen die unebenen, dunkelgrauen, vom Wind umtosten, in den Himmel ragenden Hochhäuser, drückte. Keine Hochhäuser. Spukhäuser.

«Schlaf ein, komm, wir gleiten ruhig davon», flüsterte er.

Die Gegenwart Elwiras wurde jedoch immer konkreter. Er fühlte ihren feuchten Atem an seinem Hals, die leichte Berührung ihres Haars, ihr Gewicht, ihr Verlangen, und ihre sich immer gieriger ausdehnende Hitze, schließlich ihren Mund und ihre anfangs noch reglosen Fingerspitzen, die langsam zu tanzen begannen. So wehrte sie sich gegen sein genussvolles Hinübergleiten in den Schlaf und seine Sehnsucht, dem Körper wenigstens für ein paar Stunden zu entfliehen, und es gelang ihr.

Im Morgengrauen sprang er aus dem Bett, schnappte seine Kleider und machte sich einen schwachen Tee, an dem er sich die Zunge verbrannte. Er trank ihn eilig, ohne Zucker, um in der Küche kein Licht machen zu müssen.

«Mann, bist du übergeschnappt?» Elwira hob den Kopf, sie war noch nicht ganz bei sich. «Heute ist Sonntag! Wann kommst du wieder?»

«Demnächst, ich ruf dich an. Machst du die Tür hinter mir zu?», rief er in den Korridor und war schon draußen, als er das Tappen ihrer nackten Füße auf dem Linoleumboden hörte.

Auf dem Nachhauseweg hielt er bei der Tankstelle an der Pstrowski-Straße. Sie war wie ausgestorben. Es hatte aufgehört zu schneien und gerade in diesem Moment erloschen die Straßenlaternen. Auf dem Parkplatz neben der Tankstelle stand nur ein Auto, ein frisch gewaschener, riesiger Mercedes ohne genaue Kennzeichnung, wahrscheinlich ein Sechshunderter. Er hatte eine Nummerntafel aus Poznań. Grzegorz prüfte den Benzinstand in seinem Tank mittels eines Messgeräts, das stark an ein Lineal erinnerte und besah sich unter seiner geöffneten Motorhaube hindurch die edle Silhouette des Mercedes. Der Wagen mit den leicht getönten Scheiben und der tiefschwarzen Lackierung glänzte wie poliert. Wie ein gigantischer Brocken Anthrazit. Es war kein Neid, den dieses Fahrzeug hervorrief, sondern eher Ehrfurcht und Bewunderung. Grzegorz betrachtete es mit denselben Augen, mit denen er ein Kunstwerk betrachtet hätte. Der Eigentümer, ein vertrocknetes, altes Männlein mit einem unproportionierten Kopf und O-Beinen, der einen eleganten Mantel über die Schultern geworfen hatte, ging daneben auf und ab. Er atmete tief die Luft ein, die heute wärmer als gestern war, man konnte ihm ansehen, dass er von einer langen Fahrt in der Nacht müde war.

Einen Moment später erschien ein weiteres Mirakel an der Tankstelle. Ein flacher, länglicher, braungelber, schon etwas altersschwacher Pontiac oder Manta, Grzegorz konnte es nicht so genau erkennen, bohrte sich mit einem Quietschen direkt hinter dem Wagen des Alten regelrecht in die Erde, wobei er mit dem rechten Vorderrad auf die erhöhte Plattform mit den Zapfsäulen auffuhr und mit seinem Kotflügel um ein Haar an die mächtige Stoßstange des Mercedes geknallt wäre. Ein Typ mit drei Ohrringen und einer Schirmmütze auf dem Kopf sprang heraus. Seine weit vorstehenden Froschaugen waren von Alkohol und Drogen glasig und halb geschlossen. Ein Schwall Musik, saftige Bässe und Rapgesang, drang aus dem Auto. Der Typ, sicher hatte er eine Megadosis Amphetamine plus Alkohol im Blut, stieß ein ohrenzerreißendes Triumphgeheul aus, führte einen närrischen Tanz auf und brüllte den Mercedesfahrer an: «Glotz nich' so blöd, Trottel!» Mit einer Zigarette im Mund bemühte er sich, selber Benzin einzufüllen. Aus der Beifahrertür war ein anderer, glatzköpfiger Typ ausgestiegen, dessen viel zu weite Hosen ihm im Wind um die Beine schlotterten. Er zog hinter sich eine schwankende junge Frau aus dem Fond, die eine Bierdose in der Hand hielt.

«Bitte, hier dürfen Sie nicht rauchen!», rief der herbeieilende Tankwart, wobei er sich bemühte, den Rap zu übertönen.

«Ich rauch' ja auch nich'!» Der Typ hielt ihm die Zigarette unter die Nase; sie war wirklich nicht angezündet.

«Wenn 's dich stört, kannste dich ja auf 'n Balkon verziehen!» lallte der andere und gackerte hysterisch.

«He Józef!», kreischte die Frau plötzlich. «He, schau mal, ein Mercedes Bonz! Wem gehört der?»

«Dem da sicher. He, du Mumie, beweg mal dein' Arsch!»

Der Alte verstaute nervös seinen Mantel auf dem Rücksitz und murmelte etwas Unverständliches. «Dass so 'n alter Kotzbrocken wie du so 'nen Schlitten fährt», keuchte der Glatzköpfige, lief zu dem Alten hin, der gerade einsteigen wollte, und hielt ihn an der Hand fest. Dieser hatte sich stocksteif an die glänzende Seite seines Wagens gelehnt und schnaufte hilflos. Der Typ mit den Ohrringen näherte den Schirm seiner Mütze der schweißüberströmten Stirn des Alten, so als wollte er ihn auf die Hörner nehmen.

«Brauchst keine Angst zu haben, die armen Kinder wollen sich ja nur 'n bisschen amüsieren», sagte er leise und schnappte mit den Zähnen in die Luft, als wolle er ihn beißen. «Vielleicht spendierst du unserem Auto ein bisschen Saft und uns ein bisschen Sprit?»

«He, du Schlappschwanz, machen wir mal einen Ausflug?», ließ sich die Frau vernehmen. Sie nuckelte an ihrem Bier, das ihr über das Kinn floss. «Sag mal, Schlappschwanz, ist dein Pimmel überhaupt noch dran? Noch nicht abgefault?»

Der Alte schimpfte sabbernd vor sich hin.

Józef, offensichtlich mit dieser Antwort nicht zufrieden, stieß erneut ein Geheul und Gegacker aus. Er hatte den Alten bei den Schultern gepackt und begonnen, ihn gegen das Auto zu schlagen. Dieser konnte sich jedoch irgendwie frei machen und ins Wageninnere gelangen, wo er sich kraftlos in den Sitz fallen ließ. Er schaffte es gerade noch, die Tür von innen zu verriegeln. Grzegorz konnte sehen, wie er sich hinter den getönten Scheiben zusammenkrümmte und nervös seine Kleidung abklopfend nach dem Autoschlüssel suchte.

Der Glatzkopf trat gegen die Tür, hämmerte mit den Fäusten auf das Dach und blickte sich nach einem schwereren Gegenstand um. Von einem Ständer riss er einen Ölkanister herunter und knallte ihn mit ganzer Kraft auf den Kofferraumdeckel. Der Plastikkanister prallte ab und landete im Schnee. Józef hatte indessen seine Hosen aufgeknöpft, einen Moment darin herumgefummelt und pisste nun in hohem Bogen einen dicken gelben Strahl über die Karosserie und auf die Aluminiumfelge, von der es auf das Rad floss, dampfend, nach allen Seiten spritzend. «Laaa-Luuu!», brüllte der Glatzkopf, und sein Schrei nahm in der frostigen Luft die Gestalt einer Sprechblase an. Die Frau lachte wie eine Wahnsinnige und schlug sich mit den Fäusten auf die Schenkel.

Endlich sprang der Motor des Mercedes an. Das weiße Licht des Rückwärtsganges leuchtete auf. Grzegorz, der wie gelähmt dastand, sah, wie sich der Kofferraum des Wagens mit ungeheurer Wucht in die Seite des Pontiaks, oder was immer es war, hineindrückte, ihn mit einem Knarzen weiterschob und an die Betonsäule drückte. Noch einmal holte der Mercedes Schwung und setzte treffsicher zurück, um den Türrahmen zu zertrümmern, das Fenster einzudrücken und die breite Radkappe platt zu walzen. Das Krachen von zermalmtem Blech klang dumpf und drohend, wie das Donnern nach einem Blitzschlag in einen fern gelegenen See. Der getroffene Wagen bäumte sich auf wie ein Bock und sackte dann schwer auf die linke Seite, wo er noch ein bisschen schaukelte. Es wurde still.

Die drei waren erschreckt zurückgewichen und standen mit offenen Mäulern wie erstarrt da. Mit einem leisen Summen fuhr die Scheibe des Mercedes nach unten, und der Alte steckte den Kopf heraus. «Und so amüsieren sich die Reichen», sagte er ruhig und überdeutlich, dann fuhr er in Richtung der grünen Neonschrift Landwirtschafts-Genossenschaft davon.

Als Erster kam der Glatzkopf wieder zu sich. «Nummer aufschreiben, Scheiße nochmal! Nummer aufschreiben, Scheiße nochmal!», heulte er wie blindwütig zu Józef hinüber, nicht wissend, ob er zuerst in die Tankstelle stürmen sollte, wo sich das Personal erschrocken verschanzt hatte, oder sich auf das Wrack stürzen, aus dem bereits eine ölige Flüssigkeit zu sickern begann. Es hatte aber sowieso keinen Zweck mehr, denn die leicht verbeulte Stoßstange und die eingedrückten Rücklichter des Mercedes waren schon längst im bläulichen Dunst der ehrwürdigen Allee verschwunden.

Grzegorz hatte sich auch wieder gefangen, war ruhig und gefasst eingestiegen, hatte die Tür zugeworfen und zugesehen, dass er weg kam. Er achtete nicht mehr darauf, dass der Glatzkopf und die junge Frau über den frischen Schnee in der Einfahrt auf ihn zugerannt kamen und noch irgendetwas schrien.

Am nächsten Tag ging er morgens gleich zum Chef. In dem mit kaltem Zigarettenqualm durchtränkten Arbeitszimmer traf er jedoch lediglich einen Unbekannten, der unter dem Fenster saß und die Gazeta Wyborcza las.

«Das ist der Deutsche von der Software-Firma», flüsterte die Sekretärin.

«Karkowski», stellte sich der Gast vor und streckte die Hand aus. Grzegorz stieg eine Duftwolke feinsten Rasierwassers in die Nase und er fühlte einen trockenen Händedruck.

«Ich bin eigentlich auch Archivar, und nicht – wie nennt sich das jetzt? In-for-ma-ti-ker.» Karkowski betonte jede Silbe einzeln. «Arbeiten Sie hier? Und darf man wissen in welcher Abteilung?»

«Alte Akten, achtzehntes und neunzehntes Jahrhundert.»

«Das ist ja interessant. Man sagt, dass das ein langweiliger Beruf ist. Aber mich hat die Welt der Archive schon immer angezogen. Es gibt keine bessere Möglichkeit, in der Zeit zu reisen! Mit der Programmiererei habe ich erst später angefangen, das interessiert mich eigentlich gar nicht so besonders.»

«Sie sprechen hervorragend Polnisch», bemerkte Grzegorz höflich.

«Das ist, weil ich die polnische Matura habe. Die habe ich 1963 in Olsztyn gemacht. Danach bin ich gleich mit meiner Mutter ausgereist. So bin ich also halb Pole, halb Deutscher. Das Gymnasium in Olsztyn hat übrigens der Nobelpreisträger von Behring, noch zu Zeiten des Kaisers, absolviert. Haben Sie das gewusst?»

«Ja, ein Biologe, oder? Mich hat der Beruf des Archivars übrigens auch schon immer interessiert. Dieser Staub hat irgendwie einen Geschmack nach Flucht. Wenn man es nicht mehr ausgehalten hat, zum Beispiel bis vor kurzem den Kommunismus, oder überhaupt alles, dann konnte man sich im Archiv verkriechen. Die Regale, die Lampen, sogar eine Zollquittung oder irgendeine uralte Baugenehmigung kann doch voll Poesie sein! Man kann beim Lesen der Welt entrücken und sich alle möglichen Zusammenhänge zurechtphantasieren.»

«Ja, ja, genauso ist es!» Der Deutsche zwinkerte zufrieden. «Sie kennen sich da aus, wie ich sehe. Wir sollten uns unbedingt irgendwann noch einmal darüber unterhalten. Im Moment sieht es so aus, als sei ich jetzt noch drei Wochen hier. Trinken wir ein Gläschen Wein? Ich lade Sie ein, darf ich?»

Am Mittwochmorgen saß Grzegorz bereits vor sechs Uhr im Abteil des Expresszugs nach Warschau. Er war voll Bitterkeit und es graute ihm vor der Zugfahrt an dem kalten Wintermorgen. Die Dunkelheit auf dem Bahnsteig hatte das kranke Licht der Bahnhofsbeleuchtung gestreut; wie auf jedem Bahnhof schmeckte der frühe Morgen nach Blei und Grzegorz bekam ein Gefühl, als hätte er Sand in den Augen. Er schaute die zerknitterten Schatten an, die sich durch das Mosaik von Schwarz und fahler Blässe schoben, hörte Gesprächsfetzen und schnelle Schritte, die im Korridor des Zuges widerhallten, und er hatte plötzlich Lust auszusteigen und diesen Ort auf dem schnellsten Weg zu verlassen, nirgendwo hinzufahren. Als sich der Zug endlich in Bewegung setzte, fiel ihm das Exemplar des *Neuen Ausdruck* mit dem knackigen Bluejeans-Hintern auf der Titelseite wieder ein. Beim Geräusch des über die Weichen rumpelnden Zuges kamen ihm einige Fetzen eines Gedichtes wieder in den Sinn:

Tage, von uns selbst durchnässt, schütteln uns ab,
um nicht zu erlöschen.
Tage, in die Länge gezogen,
Tage, mit einer Last im Bauch,
Schaufeln voller Tage, mit Stielen unserer sanften Hände …
Wie ein Fisch, der mit schmerzendem Maul

den Wasserspiegel berührt,
so kauen wir unsere Träume ...
Züge, Räder auf Achsen wie Gewehrläufe
Zugluft, in der das Haar auf der Haut verbrennt
vielleicht auf den Achsen ein hängendes Rad
eine Brücke
ist nützlich
wie ein Gitter wie ein Hintergrund
oder wie das Haarbündel, das die Stimme
erstickt

Krzysztof Mierzejewski, sein Name schwarz umrandet, das Datum 1976. Ein Niemand. Nur ein paar Buchstaben auf dem Papier, sicher war bereits auch in der Erde nichts mehr von ihm übrig. Wie kam das? Schließlich hat es doch viele schlechtere Dichter gegeben. Heute haben sie einen Namen und es ist völlig unklar, wie sie zu diesem gekommen sind. Es sind Dichter, die etwas zu sagen haben, die in den verschiedenen Zeitschriften brillieren, die es irgendwie schaffen, beim Radio unterzukommen ... Schließlich war dieses Gedicht doch ganz gut. Sicher war es das, wenn es einem so prompt wieder einfiel. Manche Gedichte muss man sich einfach merken, sie kommen wieder zurück, hartnäckig, wie Nadeln. Also gut, ein bisschen epigonenhaft war es schon, aber der Klang! Und wie es sich in der Vorstellung festgehakt hatte! Doch dann, was wird weiter? Keine Ankündigung in der Bibliothek, keine Erwähnung irgendwo, keine andere Daseinsform als dieses zerfledderte Papierbündel. Was muss denn noch passieren, damit sich das ändert? Was ist es, was damals, vor zwanzig Jahren nicht passiert ist? Hat irgendeine wichtige Voraussetzung nicht bestanden oder konnte sie nicht erfüllt werden?

Grzegorz stieg beim Hauptbahnhof aus, lief durch die unterirdischen Gänge, bahnte sich seinen Weg durch das Menschengetümmel, wobei er immer wieder nervös um sich blickte. Er fürchtete sich vor Banditen und Taschendieben, von denen im Fernsehen so viel berichtet wurde. In einem fort klangen ihm die Worte seiner Mutter in den Ohren, die ihm seit einem Vierteljahrhundert vor jeder Reise einschärfte: «Sieh zu, dass du dein Geld sicher eingesteckt hast. Und pass auf, dass man dir deine Dokumente nicht stiehlt!» Auch heute Morgen noch hatte sie ihn durch die geschlossene Tür mit keifender Stimme gewarnt.

Er trug also seine Tasche fest an sich gepresst und mit der linken Hand hielt er in der Hosentasche sein Portemonnaie umklammert. Erst verirrte er sich ein bisschen, fand nicht gleich die richtige Treppe und den Ausgang, schlug Haken zwischen illegalen Händlern, Musikanten, bettelnden HIV-Infizierten und tauchte dann völlig außer Atem an den trotz des späten Vormittags noch überfüllten Trambahnstationen auf und endlich fand er eher zufällig den Anfang der Jerusalem-Allee. Hier war es laut, es hatte begonnen zu tauen, der Matsch unter den Autorädern wurde immer wässriger und die schmutzige Soße auf dem Gehsteig drang in seine Schuhe.

Nach längerem Suchen fand er den Verlag OZO in einem Bürohaus der mittleren Gomułka-Epoche. Damals war dieses Gebäude sicher der Sitz einer Respekt einflößenden Institution gewesen, heute wurden die einzelnen Büroeinheiten an die verschiedensten Firmen vermietet. Davon zeugten die vielen grellfarbigen, neben der Klingelleiste angebrachten Geschäftslogos. Der Verlag befand sich in einem mittelgroßen Zimmer, eingequetscht zwischen einer Videokassetten-Großhandelsfirma und dem Lokal einer Handelsgesellschaft, die russische Motorsägen vertrieb, was aus einer mit Heftpflaster an die Türscheibe geklebten Werbeinformation hervorging.

Nach dem Telefongespräch hatte Grzegorz einen Schicki-Micki-Fritzen erwartet, einen Salonlöwen, der auf allen Partys in ganz Warschau glänzte oder einen Macho mit Ohrring, der die Schläfen ausrasiert hatte und sein Haar mit Brillantine an die hohe Stirn geklebt hatte – natürlich im obligatorischen schwarzen Hemd. Burdecki sah jedoch eher so aus, wie man sich einen Volksschullehrer vor zwanzig Jahren vorgestellt hätte. Gebügelte Popeline-Hosen, beigefarbener Pullover mit V-Ausschnitt, ein glatt rasiertes Gesicht, bei dessen Anblick man unwillkürlich an eine alte Lokomotive denken musste. Als Grzegorz hereinkam, hatte Burdecki gerade ein Bein auf den Stuhl gestellt und band sich den Schuh.

«Oh, Herr Wiechniak, endlich! Ich warte schon ewig auf Sie», begrüßte er Grzegorz mit geschäftigem Überschwang.

Sie setzten sich an einen Tisch, der wohl auch als Schreibtisch diente. Burdecki nahm aus seiner Aktenmappe das Manuskript von *Rotes Haar nachts* und begann darin zu blättern.

«Da haben Sie vielleicht was fabriziert! Am Anfang habe ich gar nicht gewusst, was ich davon halten soll, ob mich da jemand auf den Arm nehmen will oder was. Ihr Held nennt sich Jędrusik, nicht wahr? Warum eigentlich? Da hat doch jeder gleich so seine Assoziationen, vielleicht fällt uns da was anderes ein?»

«Gerade deshalb, damit niemand Assoziationen hat, habe ich ihn so genannt, nur um zu zeigen, dass das Leben ein Spiel ist, das sich planen lässt, und dass jede zufällige Analogie nichts anderes als ein gefundenes Fressen für die Akademiker ist. Es sind schließlich nicht die Namen, die uns zu dem machen, was wir sind.»

Grzegorz sprach nur, um überhaupt irgendetwas zu sagen, hatte aber die ganze Zeit über das Gefühl, dass er eigentlich etwas anderes sagen wollte. Er war bemüht darum, sich den Anschein der Lockerheit zu geben und wollte gerne den selbstsicheren Schlaumeier hervorkehren. In Wirklichkeit war er jedoch äußerst befangen. Fortwährend gingen irgendwelche laut miteinander sprechende Leute an der Tür vorbei. Auch das Innere des Raumes, in dem sie saßen, deprimierte ihn. Zwar lagen dort auf den Borden des verglasten Schränkchens die unübersehbaren Spuren der letzten Besucher, aufgeschlagene OZO-Bücher, unter ihnen auch der Choromański, durch den er an diesen Verlag geraten war, aber abgesehen davon gab es hier weder Papierberge noch Stapel von Manuskripten, wie er sich das vorgestellt hatte. Ein paar Stühle, ein überraschend sauberer Teppich, in der Ecke ein Tischchen, auf dem ein mit Wachstuch zugedeckter Computer stand – das war alles.

«Okay, okay, wir können ja nochmal darüber reden.» Burdecki nickte zustimmend mit dem Kopf. «Jetzt aber zur Sache: Ich habe Ihre Erzählung mit einem Globus in der Hand gelesen. Es beginnt in Freetown, danach, wenn mich nicht alles täuscht, Kabinda und dann das ganze Karussell von Inseln, Häfen, Liebschaften, Hotels, Berge, Dschungel … Dieser Jędrusik durchwandert all das und am Ende kommt er wieder nach Freetown zurück, aber in der letzten Szene sehen wir ihn, wie er mit seinem Seesack auf den

Schultern zum Hafen marschiert. Herr Wiechniak», er seufzte, «es gab da schon mal einen, in dessen Beschreibung sich ein paar Gesellen auf ähnliche Art durch die Karpaten geschlagen haben, und als sie damit fertig waren, verschwanden sie, anstelle eines vernünftigen Endes, im Schneesturm, der Schnee deckte ihre Spuren zu, und wenn sie nicht gestorben sind, dann treiben sie heute noch ihr Unwesen dort im Schnee.»

Grzegorz zuckte die Schultern. Er wollte auf alle Fälle das letzte Wort haben.

«Die Karpaten sind nicht die ganze Welt. Ich kenne mich in der neueren Literatur nicht besonders gut aus. Es dringt nicht bis zu uns in die Provinz vor, was in letzter Zeit geschrieben wurde. Und wenn ich aber doch einmal etwas lese, dann finde ich es so langweilig, dass ich es dann letztendlich wieder aus der Hand lege, also lese ich eigentlich nicht wirklich.»

«Soll ich uns einen Kaffee machen?» Der Verleger stand auf, stellte den elektrischen Wasserkessel an und füllte Nescafé in Plastikbecher. «Aus diesem Jędrusik bin ich nicht so richtig schlau geworden. Was ist das eigentlich für einer? Ein Bandit, ein Schmuggler, ein Drogenkurier, ein Spion? Er hat irgendwie immer ein bisschen Kohle, aber Sie beschreiben eigentlich nur all das, was er so nebenbei macht, das eigentliche Ziel seiner Reise wird nicht so ganz klar, nur manchmal fällt eine Andeutung. Haben Sie sich eigentlich nicht überlegt, dass es ziemlich bescheuert ist, eine Romanfigur so darzustellen? Er liegt am Strand, kämpft sich durch den Dschungel, schläft mit immer anderen Weibsbildern, bricht immer eiligst wieder auf, einige Male bewundert er die Aussicht und kriegt einen Anfall von Selbstmitleid …»

«Ganz richtig!» Grzegorz hatte einen scherzhaften Ton angeschlagen. «Weil dieses eigentliche Ziel, wie Sie es zu nennen belieben, überhaupt nicht wichtig ist. Genau wie im richtigen Leben!»

«Wie meinen Sie das, genau wie im richtigen Leben?»

«Na, wie im Leben eben. Haben Sie sich denn noch nie gedacht: Alles, was wir offiziell tun, egal ob wir uns in der Schule quälen lassen oder irgendeiner Arbeit nachgehen, egal ob wir Papier voll kritzeln, ein Feld beackern oder Schrauben festziehen – das, was wichtig ist, das spielt sich in den Pausen ab. Ist doch ganz einfach. Immer in der Zeit zwischen den Tätigkeiten, zu denen wir gezwungen sind. Das ist es ja, was das Lebens ausmacht, was es lebenswert macht. Später wird alles, was schön war, in uns gespeichert, bis wir sterben. Und Jędrusik? Der erfährt die Welt auf seine Art, immer auf der Suche nach dem Wunderbaren, das hält ihn am Leben. Und dass er mit seinem Seesack auf den Hafen zusteuert? Na, ist doch klar: Seine Reise ist nicht zu Ende, nach der ersten Weltumrundung kommt die zweite, dann noch eine und noch eine – vielleicht schraubt er sich dabei in ungeahnte Höhen?»

«Ts, ts, ts.» Burdecki schüttelte den Kopf. «Und der Titel?»

«Der ist aus *Don Quichotte* von Grochowiak.»

«Ach ja, genau!» Er schlug sich gegen die Stirn. «Dass mir das einfach nicht eingefallen ist! Ich habe doch gewusst, verflixt, das kenne ich von irgendwoher. Jetzt ist alles klar! Ehrlich gesagt, ich war erst nicht so ganz sicher, ob ich begeistert oder angewidert sein soll. Nach der Lektüre habe ich erstmal einen Monat lang darüber gebrütet. Das ist übrigens keine Selbstverständlichkeit. Normalerweise schicken wir unverlangt eingesandte Manuskripte wie das Ihrige immer sofort wieder zurück. Mal wollte es mir scheinen, als sei es ein hervorragendes, schillerndes zeitgenössisches Epos, etwas, was in der Literatur heute bereits in Vergessenheit geraten ist, dann wieder dachte ich, es ist erbärmlicher Kitsch, eine Anhäufung von Gemeinplätzen. Haben Sie schon irgendwo Auszüge daraus veröffentlicht?»

«Nein», gab Grzegorz zu.

«Und sonst, haben Sie bis jetzt noch nie etwas publiziert? Ich habe in der Nationalbibliothek gesucht, habe aber Ihren Namen nicht finden können. Das heißt, einen Tadeusz Wiechniak habe ich gefunden, der hat Silbenrätsel für *Die Welt der Unterhaltung* gesammelt.»

«Leider. Außer meiner Magisterarbeit habe ich nichts geschrieben, was gedruckt hätte werden können.»

«Ungeheuerlich! Aber Sie werden sehen, das wird ein Bombendebüt! Und eines sage ich Ihnen: Sie müssen stark sein! Stark wie der Satan höchstpersönlich! Stark wie ein Mühlrad! Man wird über Sie herfallen, es wird eine Hetzjagd geben, wie es die Welt noch nicht gesehen hat! Und Sie werden immer berühmter werden, Ihre Bücher werden weggehen wie die warmen Semmeln und Sie werden überlegen schweigen. Wie viel Kraft braucht man, um über all dem zu stehen? Es gibt nichts, was einen mehr herausfordert, es gibt nichts, bei dem man mehr verlieren kann!»

Burdecki hatte sich so ereifert, dass seine Wangen zu glühen begonnen hatten. Das hatte sich auf Grzegorz übertragen, auch er begann im selben Tonfall zu sprechen:

«Sie erinnern sich doch noch an die alten Zeiten? Ich weiß noch, wie Sie im *Neuen Ausdruck* und in *Lyrik* geschrieben haben. Kürzlich habe ich sogar ein bisschen in den alten Jahrgängen gekramt. Es schmeichelt mir sehr, dass Sie mein Buch so positiv beurteilen. Besonders deshalb, weil Sie mein erster Leser sind, und ich so lange auf eine Reaktion gewartet habe!» Grzegorz konnte seine Bewegung nicht verbergen. Sogar das Radio, das hinter der Wand, irgendwo in den Tiefen der Großhandelsfirma Musik spielte, passte genau zu dem erhabenen Moment. Gerade hatte es jemand lauter gestellt und vor dem Hintergrund von zerrissenen, dröhnenden Gitarrenklängen schallte die Stimme einer Sängerin mit voller Wucht durch den Korridor: Mein Gott, verzeih mir und gib mir Kraft, was sollen deine Tränen, geh fort, geh doch endlich fort!

«Echt wahr? Sie haben es wirklich noch niemandem gegeben, bis jetzt kennt es noch keiner?» Über das runde Gesicht von Burdecki huschte ein zufriedenes Lächeln. «Dann habe ich Sie entdeckt, ja? Also, um konkret zu werden», er setzte eine geschäftige Miene auf, «die erste Auflage wird zweitausend Stück sein, dann sehen wir weiter. Das Buch wird in unserer Serie *Neue polnische Prosa* erscheinen. Das Cover wird so aussehen, da, schauen Sie!» Er bückte sich und fischte aus einer unter dem Tisch stehenden Kiste ein Stück Pappendeckel hervor, auf den das fertige Layout eines Buches geklebt war.

Grzegorz entzifferte den Namen und den Titel, der sich vom schwarzen Hintergrund abhob: Simon Tarzawa, *Das Lied vom Kopf.* Dem grauen Quadrat unter dem Titel entstieg eine mit ein paar Strichen hingeworfene Menschengestalt auf Stelzen.

«Sie staunen? Noch nie was von Tarzawa gehört? *Holländisches Geflüster,* das war sein Debüt. 1994.»

«Kenne ich leider nicht», gab Grzegorz verwirrt zu.

«Ungeheuerlich! Aber das ist wegen der Distribution. Seitdem es den zentralen Großhandel nicht mehr gibt, ist es allen scheißegal, wohin die Bücher gelangen. Wir haben hier eine gute Distribution, da haben Sie Glück. Aber dieses *Lied vom Kopf:* das ist klasse! Das ist vorgeprescht, sogar die Schöne Manuela konnte da einpacken! Schließlich hat sich herausgestellt, dass dieser Kopf gar kein Kopf ist, sondern», er kicherte, «mit Verlaub: eine Gebärmutter. Was für ein tolles Experiment! Kein einziges männliches Wesen kommt darin vor und kein einziger Gegenstand, dessen Geschlecht maskulin ist! Die Gebärmutter, die Wiege der Welt, denn die Welt ist doch außerhalb der Gebärmutter, wie die Flüssigkeit, die aus den Quellen fließt! Die letzten Worte der Heldin. Gut, was? Und dann ist das Ganze noch genauso geschrieben wie ein gregorianischer Gesang komponiert ist, ein paar polemische Spitzen gegen Rousseau, Supervielle, Dostojewski und die Enzyklika Pascendi von Papst Pius dem Zehnten. Ist ein Superweib, erst vierunddreißig. Was nun Ihr Buch angeht, das kriegt genauso einen Einband, so wie alle aus der Serie. Bloß anstelle dieses Akrobaten geben wir eine rote Haarlocke drauf. Das wird schön. Und darunter, kursiv, die Ankündigung: *Debüt.* Na, was sagen Sie? Sind wir uns einig?»

Er kniete sich vor den kleinen Bücherschrank, nahm eine metallene Schatulle heraus und öffnete sie mit klirrendem Schlüsselbund. Er befeuchtete seine Finger mit Spucke und zählte acht Millionen alte Złoty ab.

«Das wäre dann für Sie. Stimmt 's?» Er legte das Geld auf den Tisch.

Grzegorz machte runde Augen, es hatte ihm die Sprache verschlagen. Ja was denn, ging das denn einfach so? So aus heiterem

Himmel? Mensch, das hier war schließlich ein NAD-Verstärker, ein Trip nach Paris oder nach Italien, der Mantel, für den er sich Geld geliehen hatte und den er schließlich nicht gekauft hatte – es war ein Haufen CDs oder eine Menge Wein – Wein, den er bisher nichtmal näher anzuschauen gewagt hätte, oder ein ganzer Haufen anderer Dinge, die gerade in seinem Kopf durcheinander wirbelten. Einfach so. Grzegorz war überwältigt.

«Was haben Sie denn? Ich zahle lediglich die erste Rate Ihres Honorars. Würden Sie mir das bitte mit Ihrer Unterschrift bestätigen, hier bitte, genau.» Burdecki schob ihm einen Zettel hin.

«Und kein Vertrag?», fragte Grzegorz unsicher.

«Vertrag, Vertrag!» Burdecki sprach nun mit erhobener Stimme, es klang geradezu ungeduldig. «Wie während des Kommunismus! Endlich gibt es ein anderes Regime, aber der Bürokratie trauert man nach. Ist doch so!» Er fuchtelte mit den Armen. «Früher gab es für alles gleich drei Verträge, damit konnte man im Staatenbund Mitglied werden, Stipendien kassieren oder den Künstler ohne einen Groschen ins Abseits schieben. Ich gebe ihnen die Kohle bar auf die Kralle und für Sie ist irgendein Wisch die Hauptsache! Einen Vertrag will er, bittesehr, schreiben wir eben einen Vertrag!»

Er legte seine Hand auf die Scheine, so als wollte er sie zurück in die Schatulle stecken.

«Übrigens, habe ich gesagt achttausend? Davon bleiben dann fünftausend und ein paar Ungrade übrig, nach allen Abzügen, Steuer, Identifikationsnummer und der ganze Quatsch. Bittesehr! Heutzutage, mein Lieber, schreibt man dann einen Vertrag über die prozentuelle Beteiligung des Autors am Verkauf, wenn es das

Buch schon in den Geschäften gibt. Woher soll ich denn wissen, was unsere Verhandlungsgrundlage sein könnte? Und was ist, wenn es sich nicht verkauft? Und ich dann nicht weiß, wovon ich Sie bezahlen soll? Dann werden Sie daherkommen und mich verklagen, mir den Gerichtsvollzieher auf den Hals hetzen, dafür, dass ich in Sie investiert habe, wo Sie noch keinen Namen haben! Verstehen Sie? Keinen Namen! Ich sage es noch einmal. Noch sind Sie ja ein Niemand, es gibt Sie ja noch gar nicht. Wenn wir darauf zurückkommen, werde ich Ihnen so etwa fünf bis sechs Prozent pro verkauftes Exemplar vorschlagen. Aber alles zu seiner Zeit! Wird schon werden! Wenn das *Rote Haar* Furore macht, dann bekommen Sie für das nächste Buch gleich zu Beginn fünfzehn Prozent. Und wenn auch das ein Knüller wird, dann kriegen Sie für alle weiteren bezahlt, bevor Sie auch nur ein Wort geschrieben haben, Ehrenwort!»

Grzegorz konnte nur mit Mühe seine Verlegenheit verbergen. Eilig unterschrieb er das Papier und das Geld steckte er vorsichtig in ein Fach seines Portemonnaies, woraufhin er es schleunigst in seiner Brusttasche verschwinden ließ. Burdecki lud ihn noch zum Essen ein. Sie verließen das Bürogebäude, bogen in eine der Querstraßen ein, wo sie durch eine mit hufeisenförmig gebogenen, eisernen Buchstaben verzierte Saloon-Schwingtür in die Unterwelt eines Mietshauses aus der Vorkriegszeit, in den *Schwarzen Orpheus* eintraten. Hier herrschte der dämmrige Zauber gastronomischer Intimität der Neuen Epoche. Die schöne Bardame mit glatt zurückgekämmtem Haar bewegte sich anmutig vor dem Hintergrund einer Wand, die mit den elegantesten Flaschen bestückt war. Auf diesen prangten Respekt einflößende Etiketten, gefüllt waren sie mit den edelsten Tropfen. Das Lokal war fast leer, nur eine Gruppe junger Leute saß kaffeetrinkend nahe beim Eingang und in einer Ecke saßen zwei Typen, die sich über ihrem Weißwein mit glasigen Augen melancholische Blicke zuwarfen. Die kleinen Lampen auf den Tischen übergossen alles mit einem bläulichen Licht, das sich mit dem Duft von gebratenem Fleisch und einer Samba-Melodie, die sanft von der Decke auf sie herabrieselte, vermischte. Das silbrige Gespinst aus A. C. Jobims Gitarrenklängen und die samtige Stimme von Elis Regina vermochten es jedoch nicht, in Grzegorz irgendwelche Gedanken an exotische Orte, an die Sonne Brasiliens, Palmen oder eine Ozeanbrise aufkommen zu lassen. Eher machte es ihm bewusst, wie exotisch die Zeit jetzt gerade war. Er hatte plötzlich einen regenglänzenden Vormittag in Paris vor Augen, aufgenommen mit einem schwarzweißen Diafilm Anfang der sechziger Jahre. Männer mit schmalen Krawatten, kühn geschminkte Frauen mit hoch toupierten Haaren, ganze Scharen dieser lustigen Autos, die sich vor den Ampeln angesammelt hatten. Es war ein Naturgesetz, dass man mit fortschreitendem Alter immer häufiger und immer deutlicher die Einflüsterungen von vergangenen Zivilisationen vernehmen konnte.

Burdecki bestellte Frikadellen mit Pommes frites, dazu ein englisches Bier, das nicht sehr gut war, bitter und fast ohne Schaum. Er schlang alles gierig hinunter und schüttete von Zeit zu Zeit Bier nach, die ganze Zeit laut schwadronierend. Währenddessen stocherte Grzegorz, peinlich berührt, lustlos auf seinem Teller herum. Er sagte fast nichts.

«Früher war alles nicht so arg. Damals hätte ich Ihnen glatt zehntausend Erstauflage gegeben und hätte noch gut gezahlt. Das

Buch selber wäre billig und überall zu haben gewesen. Aber jetzt: hopp oder topp! Sie haben Glück, dass Ihr Buch den Chefs gefallen hat!»

«Wer sind eigentlich die Chefs?», fragte Grzegorz ohne sonderliches Interesse, denn er hörte eher auf die Latinjazz-Klänge als auf das Geschnatter seines Gegenübers.

«Tja, haha, eigentlich bin ich der Chef. Und OZO, das ist ein Zweimann-Betrieb. Die haben die Anteile und einen Haufen Kohle, Sie würden sich wundern … Am Anfang wollte es nicht so recht laufen, wir haben es sogar mit Pornographie versucht, aber dann sind wir schnell auf die Beine gekommen. Im Magazin habe ich noch pfundweise Heftchen, ich habe ganz vergessen, Ihnen welche mitzugeben. Später haben wir auch einige Ratgeber gemacht und zwei Interviewbände mit ein paar Ex-Lokalgrößen. Und dann die Klassiker. Irgendwie läuft der Laden jetzt ganz gut. Es sollte Extrazuwendungen für wertvolle Literatur geben. Den Verlegern muss man irgendwie entgegenkommen. Vielleicht wird das im Sejm einmal durchgedrückt. Ich sage Ihnen, als ich damals als Redakteur in einem staatlichen Verlag gesessen bin, da hätte ich vom Schreibtisch aus einen Star aus Ihnen machen können! Mit einer Unterschrift!»

«Aber da hat es doch auch die Zensur gegeben.»

«Gewiss hat es die gegeben, gewiss.» In der Stimme von Burdecki schwang ein kaum wahrnehmbarer Hauch Trotz mit. «Heute dämonisiert man das alles. Gleich werden Sie noch sagen, dass die Leute damals an so etwas wie Angina gestorben sind, dass alle in Kolchosen geschuftet haben oder im KZ hergenommen worden sind. Sicher, die eingeschränkte Gedankenfreiheit, das weiß man ja, war wohl oft ein bisschen übertrieben. Aber denken Sie mal drüber nach, ob denn das überhaupt gut ist, wenn jeder alles veröffentlichen darf, was ihm gerade in den Sinn kommt. Wenn 's keine Zensur gibt, dann hat man eben Disco-Polo, das ganze Schmierentheater, die Judenwitze, keiner hat da die Hand drauf. Früher hat die Kirche gegen die Zensur gewettert, und jetzt ist es ihr aber doch nicht recht, dass in den Kiosken die Hardpornos offen herumliegen!» Er lachte. «Und früher? Stachura, Wojaczek, Anderman, Pastuszek – wo haben denn die ihre Bücher herausgebracht? Etwa in Malaysien? Man konnte ja alles doch irgendwie durchkriegen oder koordinieren, auch ohne das Vorbild eines freien Amerikas.»

«Hätte mich mal interessiert, wie es gewesen wäre, wenn ich damals … Bei mir gibt es ein ganzes Kapitel, in dem Jędrusik vor russischen Matrosen auf der Flucht ist.»

«Pah, da hätten wir einfach burmesische draus gemacht. Sind doch auch Menschen, haben auch ein Recht drauf, dass man sich vor ihnen fürchtet. Und was hätte schon Schlimmes passieren können? Was ist, noch ein Schnäpschen?»

Nachdem die Essenszeit vorbei war, hatte sich der *Schwarze Orpheus* mit wohl riechenden, gut gekleideten Menschen, die wichtige Dinge besprachen, gefüllt. Die Sambas hatte man leiser gestellt, man hörte nur noch das vielsprachige Stimmengewirr.

«Sie werden bekannt werden, vielleicht sogar einmal berühmt», prophezeite Burdecki, und kippte noch einen geeisten Wodka. «Sie dürfen sich das nicht entgehen lassen, Sie müssen einfach alles andere hinschmeißen! Wenn sich die Notwendigkeit ergibt, muss man alles auf eine Karte setzen.»

«Sagen Sie lieber nicht so etwas! Vielleicht werde ich nie mehr ein Wort schreiben.» Grzegorz versuchte erfolglos sich gegen diese aufdringliche Schulmeisterei zur Wehr zu setzen.

«Sie müssen wahnsinnig stark sein! Bei so einem Talent! Da muss man das Leben bei den Hörnern packen. Immer obenauf und nicht mehr locker lassen!» beschwor ihn der Verleger. «Und keine Angst! Das Leben wird es Ihnen zu danken wissen, je stärker sie es in die Mangel nehmen. Immer nur feste mit der Knute! Dann wird es Sie tragen wie ein Rassehengst, dann können Sie alles von ihm verlangen!» Der Alkohol hatte Burdeckis Wangen zartrosa gefärbt, sein Gesicht hatte in dem bläulichen, fahlen Licht etwas nahezu Dämonisches bekommen. «Aber ein Moment des Zögerns kann schon genug sein und Sie liegen auf der Nase. Mit einem Tritt im Hintern womöglich. Ich kenne keinen, der sich von so etwas je wieder erholt hätte. Man muss der sein, der man ist, Herr Wiechniak! Keine Angst! Sie dürfen nicht den ganzen Unsinn glauben, den man so hört: Nur dann werden Sie zum Ziel kommen!» Er hustete und um seine Kehle zu schmieren, kippte er noch den Bodensatz seines Bierkrugs hinunter.

Dann tranken sie noch ein Gläschen Daniels zum Abschied und Burdecki schickte sich an, die gepfefferte Rechnung zu begleichen. Grzegorz wehrte ab und langte auch nach seinem Geld, aber er ließ sich eifrig versichern, dass ein Mittagessen mit dem Autor, besonders mit so einem, doch die liebste Pflicht jedes Verlegers sei.

Die Stadt war schon in Dunkelheit getaucht, die nur von den Scheinwerferlichtern der Autos durchschnitten wurde. Ein paar Leuchtschriften bemühten sich, aus dieser Anhäufung von heruntergekommenen, hässlichen Betonburgen eine europäische City zu machen. Grzegorz und Burdecki verabschiedeten sich unter einer dieser beleuchteten Reklametafeln, die für Feilen, Nägel und Schrauben warb. Als Grzegorz sich umdrehte, sah er noch einmal wie Burdecki seine geballte Faust mit dem Sieg verkündenden hoch gestreckten Daumen in die Luft stieß.

Da er noch etwas Zeit hatte, streifte er, angetrunken wie er war, noch ein bisschen durch das Zentrum Warschaus, wobei er ununterbrochen seine Hand fest durch Jacke und Hose hindurch auf das Portemonnaie mit den acht Millionen gedrückt hielt. Er schaute sich die Auslagen der Geschäfte mit den sündhaft teuren Kleidern und französischen Kosmetikartikeln an und die mit Elektronikwaren aller Art voll geräumten Schaufenster. Dieser ganze angehäufte Reichtum erweckte in ihm nicht das geringste Begehren, er war selbstsicher und überzeugt, dass er auf all das je nach Laune ganz leicht verzichten konnte. Die Sicherheit, dass man alles haben kann, tötet jedes Verlangen. Ist es etwa nicht so?

Die ganze Rückfahrt verbrachte er im Halbschlaf, aus dem er aber alle paar Augenblicke auffuhr. Seine Hand hielt er die ganze Zeit in seiner Tasche. Erst als er endlich angekommen war, verspürte er eine übermächtige Müdigkeit, Kopfschmerzen und Übelkeit. Nach der überheizten Luft in dem stinkenden Abteil genoss er, schweißverklebt wie er war, die frostige Luft der Winternacht. Durch die Unterführung ging er zum Bahnhof und reihte sich in die Schlange vor dem Busticket-Schalter ein.

«Was glotzt du denn so bescheuert, du räudiger Schwanz?», hörte er plötzlich hinter sich eine Stimme.

Ein magerer Typ mit fast kahl geschorenem Schädel, einer verzerrten Hundevisage und einer Tätowierung über den Augenbrauen, blickte die Leute in der Schlange erbost an. Es schien, als hätte er Grzegorz zuerst aufs Korn genommen. Er war ganz gelb im Gesicht, was im Licht der Neonröhren wie eine gespenstische Sonnenbräune aussah, und er hielt sich kaum auf den Beinen.

Grzegorz drehte sich weg und tat so, als ob er nichts gehört hätte.

Das machte den anderen erst recht wütend. Er machte einen wackeligen Schritt nach vorne und gab Grzegorz mit der ganzen Kraft seines Körpers einen Stoß, sodass dieser beinahe das Gleichgewicht verloren hätte.

«He, du Arschgesicht! Willste eine inne Schnauze? Komm her, wenn de dich traust, Herr Professor!», brüllte er mit schwerer Zunge.

Grzegorz stammelte erschrocken irgendetwas von primitivem Benehmen und stellte sich brav hinter einen «Nichtsesshaften» in die Schlange. Es war einer dieser Typen, wie man sie in Polen auf jedem Bahnhof zu jeder Uhrzeit antreffen konnte: rattenhaft, mit einer zerknitterten Reisetasche am Ellbogen und an einer riesigen ketchuptriefenden Baguette kauend. Wobei man gut beobachten konnte, wie das Rot des Ketchups beim Abbeißen in das Rot der weit herausgestreckten Zunge überging. Die Leute in der Schlange taten so, als hätten sie nichts mitgekriegt – nur ein paar feixten still vor sich hin, die anderen waren völlig in das Schaufenster der um diese Zeit geschlossenen Bahnhofsbuchhandlung vertieft, oder sie betrachteten interessiert die Zeitschriften am Kiosk.

«Du beschissener Wichser!» Der Störenfried hörte nicht auf zu stänkern.

Er war plötzlich mutig geworden, kam näher und zerrte Grzegorz am Ärmel. Dabei machte er eine Bewegung, als wolle er sich gleich auf ihn stürzen, kam ins Taumeln und um ein Haar wäre er in die Warteschlange hineingefallen. Die Leute waren ängstlich und angewidert zwei Schritte zurückgewichen.

«Wieso lassen Sie sich das gefallen?», ließ sich plötzlich von hinten ein tiefer Bariton vernehmen.

Grzegorz blickte sich um.

Der Bariton war riesig und dick, er trug einen Ledermantel mit einer eisernen, quadratischen Schnalle auf dem vorstehenden Bauch.

Noch einmal blickte Grzegorz verstohlen zur Seite.

Der Dicke stand mit einem phlegmatischen Gesichtsausdruck hinter ihm, mächtig wie ein Stier oder wie ein Monument auf seinem Sockel. In der Hand hielt er eine Aktenmappe.

Grzegorz ging in Stellung und fuhr mit einer plötzlichen Bewegung der schwindligen Gestalt mit der linken Hand an die Gurgel. Die rechten Faust knallte er ihm mit voller Wucht mitten in die verwüstete Visage, genau zwischen seine verkniffenen Augen.

Daraufhin lockerte er den Griff etwas. Der andere schlug der Länge nach auf den verdreckten Gehsteig und schaute mit einem Ausdruck grenzenloser Verwunderung um sich. Ein dünnes Rinnsal Blut, mit Rotz vermischt, sickerte aus seiner Nase, unwillkürlich verschmierte er den zähflüssigen Schleim mit der Hand über Kinn und Wangen. Grzegorz wartete nicht bis er sich wieder aufgerappelt hatte, sondern sprang zu ihm hin und versetzte ihm einen heftigen Tritt und noch einen. Er drückte seine Tasche fest an den Leib, hielt sein Portemonnaie fest umklammert und begann wild draufloszutreten. Es kam ihm so vor, als würde er lediglich auf einem Bündel stinkender Fetzen herumtrampeln. Der Typ wälzte sich am Boden, rülpste, stöhnte und bedeckte sein Gesicht.

Nachdem Grzegorz seine Beherrschung wiedergefunden hatte, wischte er sich schwer atmend mit dem Handschuh die Stirn ab, platzierte noch einen Tritt in den Bauch, wandte sich wortlos ab und verschwand in der Unterführung.

Sein blutüberströmter Angreifer, der sich am Boden wand, hielt sich ächzend den Kopf und wimmerte in einem fort wie eine hängen gebliebene Schallplatte: «Jesus Maria! Jesus Maria! Jesus Maria!»

Ein Polizist aus dem Bahnhofskommissariat kam hinzu.

«Das war so einer mit Pausbacken und Schnurrbart, der wollte ihn allemachen, nich? Eine braune Jacke hat er angehabt.» Der «Nichtsesshafte» informierte. «Man hat gleich gesehen, der weiß was er will, nich? Und der hat ihn gleich zusammengeschlagen und getreten. Hat selber wie ein Herumtreiber ausgesehen, nich?»

«Würden Sie vielleicht mitkommen? Dann können wir ein Protokoll schreiben.»

«Ich? Ich hab nichts gesehen. Gleich geht mein Zug, nich?»

Grzegorz hatte sich indes keuchend in einen dunklen Winkel des Wartehäuschens an der Straßenbahnhaltestelle vor dem Bahnhof gedrückt. «Na, schließlich hatte er doch die Hosen voll, dieser Scheißkerl. Vor mir hat er sich angeschissen ...» Er rieb sich seinen Schenkel, der von den heftigen Tritten schmerzte.

Bald darauf kam der Bus und brachte ihn nach Hause.

Er versuchte so leise wie möglich das Tor zu öffnen und zu schließen. Auf Katzenpfoten erklomm er die rutschige Außentreppe, er machte nicht einmal Licht. Doch es nutzte nichts: Sogleich hörte er das wohl bekannte Schlurfen, das Pochen des Stocks und das Trommeln an seiner Tür.

«Grzegorz!» tönte es. «Wo bist du denn gewesen?»

«In Warschau. Habe ich doch gesagt.»

«Und ich habe gedacht in der Arbeit. Dein Vater war schon nervös, dass du so lange fort warst. Er wollte dich schon suchen gehen. Mein Gott, jetzt kommst du schon nachts nicht mehr heim, mein Gott, ach du mein Gott! Was die Frau Hościelowiczna sagen wird!»

«Ich komme gerade vom Bahnhof und bin hundemüde.»

«Grzegorz!» Er hörte ein Scharren hinter der Tür, offenbar hatte sich seine Mutter hinuntergebeugt, um noch etwas zu flüstern. «Diese … hat wieder angerufen! Um vier. Ich hab nicht gewusst wer. Heb ich den Hörer ab und da ist sie: ‹Ist Grzegorz da?› Und ich darauf: ‹Nein.› Und sie dann: ‹Wann wird er denn da sein?›»

«Schon gut, Mama. Wollte sie etwas?»

«Sie wollte, dass du sie zurückrufst. Aber ich habe ihr gesagt, er ist noch nicht da. Er ist in der Arbeit und noch nicht zurück.»

«Schon gut.»

«Grzegorz!»

«Jaja, ich weiß, ich werde sie schon nicht zurückrufen.»

«Warte mal, warte doch mal!», klang es Unheil verkündend hinter den weiß lackierten Brettern hervor. «Wer weiß, wohin das alles mit ihr noch führen soll! Nächstes Mal sage ich ihr: Grzegorz arbeitet, das ist ein ordentlicher Mensch, und hören Sie gefälligst auf, ihm lästig zu fallen! Was denkst du dir eigentlich, ja, das werde ich ihr sagen!»

Er kochte Tee, stellte das Radio leise an, streckte sich behaglich aus. Die weiche Decke war ein undurchdringlicher Schutzschild gegen alle gefährlichen Kräfte der Welt und sie beschützte denjenigen, der unter ihr Zuflucht suchte. Mit dem Bewusstsein einzuschlummern, dass man der Welt entkommen war und dass im selben Moment auch alles Übrige der grausamen Realität des Lebens gemeinsam mit dem Keuchen des letzten Autobusses verschwunden war, das bedeutete Glückseligkeit. Der Bus quälte sich die Straße in Richtung Peripherie hoch, wobei sich sein Gebrumm im leeren Raum der Winternacht immer mehr verlor.

Es war schon nach elf, als er doch noch einmal Teska anrief.

Sie begrüßte ihn krächzend.

«Du bist erkältet.»

«Ein bisschen. Ich habe nachmittags bei dir angerufen, weil ich eine blöde Bitte habe. Jacek sollte am Montag mit unserem Janczak zu irgend so einer Großhandelsfirma fahren. Das ist nahe an der russischen Grenze, er wollte dort eine Ladung Fliesen abholen. Seit zwei Monaten ist er in der Sache am Verhandeln. Die Ortschaft heißt Wirpol, komisch, so wie die Waschmaschinen. Jetzt ist aber am Montag auch die technische Abnahme von der Nordbank. Wir haben dort die Böden und die Badezimmer gemacht, du weißt ja, wir waren da mit unserem ganzen Team zugange. Also, Grzesiek, vielleicht könntest du statt ihm fahren? Bist du nicht böse?»

«Kann er denn nicht später fahren? Ich kenne mich doch überhaupt nicht aus.»

«Das ist es ja gerade, es geht nicht, das ist so eine dumme Sache. Dieser Janczak, das weißt du ja, der ist nicht so hundertprozentig … Die Ware ist saumäßig teuer, man muss die Ladung dauernd im Auge behalten. Dann ist noch ein Haufen Geld im Spiel … Ich werde dafür sorgen, dass dir Maciek Czyż ein ärztliches Attest ausstellt und du dich dann noch ein paar Tage erholen kannst. Vielleicht eine ganze Woche?»

«Zum Teufel mit euch! Aber es sieht ja schon so aus, als ob mir nichts anderes übrig bleibt.» Er fluchte innerlich, hatte sich aber bereits entschlossen, ihr den Gefallen zu tun.

«Es ist furchtbar weit.»

«Egal.»

«Also, er wird am Montag um sieben in der Früh starten, so dass ihr abends wieder zurück sein könnt. Ach, bevor ich 's vergesse: Ich habe für dich noch so eine englische Salbe. Kürzlich habe ich gesehen, dass du so einen hässlichen Ausschlag auf den Händen gehabt hast. Komm doch bald einmal bei uns vorbei, am besten irgendwann zum Abendessen. Tausend Dank! Du bist ein Schatz! Ciao!»

In der Arbeit traf Grzegorz wieder mit Karkowski zusammen. Der Deutsche freute sich sehr, strahlte übers ganze Gesicht und lud ihn für den Abend zu sich ein. Nachmittags gab es einen Wettersturz samt Kopfschmerzen, die frische, eisige Luft erwärmte sich plötzlich und es begann nach faulen Eiern zu stinken. Das Licht blendete Grzegorz in den Augen, zu Hause fand er alles abstoßend und nervtötend. Schließlich zog er sich eilig an und lief die Treppe hinunter. Er konnte gerade noch die bewegungslose Gestalt mit der um Kopf und Schultern flatternden Gardine hinter dem Küchenfenster erkennen. Deren aufmerksame Blicke konnte er noch immer auf sich fühlen, als er aus dem Tor fuhr. Die orangefarbenen Straßenlichter spiegelten sich in kleinen Funken in den riesigen Brillengläsern, die an eine Skibrille erinnerten.

Vor der Kreuzung mit der Reklametafel «Ich rauche leicht!» überkam ihn plötzlich ein Gefühl unsäglicher Langeweile. Er fuhr nicht zu Elwira, sondern bog mit seinem Trabant nach links ab, fuhr aus der Stadt hinaus, zum Park-Hotel, das an der großen Ausfallsstraße lag.

Von der Rezeption aus rief er Karkowski an. Dieser wartete bereits fröhlich lachend in der offenen Tür auf ihn.

«Georg und Uwe lassen sich gerade unten im Restaurant voll laufen, da können wir getrost hier bleiben und ein gutes Glas Wein trinken!» Mit diesen Worten empfing er Grzegorz.

Er nahm eine schlanke Flasche aus dem Kühlschrank und öffnete sie mit geübter Hand, wobei er gekonnt den Korken schnalzen ließ.

«Jetzt gibt es in Polen ja eine Menge Zeug zu kaufen, aber so einen Wein, den kann man hier doch noch nicht kriegen. In Paris übrigens auch nicht. Es ist mein Lieblingswein, ein badischer. Ich bestelle jedes Jahr so vier bis fünf Kisten davon und immer wenn ich verreise, nehme ich ein paar Flaschen davon mit. Probieren Sie mal!» Er schenkte ein.

Der Wein war klar wie Wasser, nur ein kaum sichtbarer Gelbton schwächte diesen Eindruck wieder ab. Ein unglaublich zarter

Geschmack, ganz ohne Herbheit, ließ im Abgang ein leichtes und würziges Muskataroma ahnen. Es brachte ein bisschen Licht von innen in das schmutzige Tauwetter dieses Abends.

Karkowski war sehr gesprächig. Zuerst erzählte er von deutschen Archiven und deren Organisation, von ihren Beständen und ihrem Aufbau, dann von seiner Familie. Er holte ein paar Fotoalben hervor und zeigte sie Grzegorz. Dieser sah sich ohne sonderliches Interesse die Bilder an, auf denen man um einen rauchenden Grill saß, Kinder auf dem Rasen tobten, frühherbstliche Blumen den picobello gepflegten Garten zierten und hörte Karkowskis Erläuterungen zu: «Das ist mein Sohn Lothar, hier, das ist meine jüngste Tochter Britta, das sind die Enkel und das ist meine Frau Elsi...»

«Ich stamme aus einer adeligen ermländischen Familie», begann er bei der zweiten Flasche seine Erzählung, «meine Großeltern hatten noch ein Gutshaus in Jarnolty, bei Dobre Miasto, doch vor dem Januar-Aufstand hat man die Söhne zum Studium nach Warschau geschickt. Dann gab es Prozesse, Schulden, zur Hitlerzeit musste alles verkauft werden. Ich selbst bin schon in der Nähe von Olsztyn auf die Welt gekommen, in der größten Abgeschiedenheit. Die Einheimischen haben gesagt, nach der dritten Kreuzung, beim zweiten See. Kennen Sie das? Man kann es aus dem Zug sehen, wenn man nach Nidica fährt. Meinen Vater habe ich nie kennen gelernt, er ist nicht aus Russland zurückgekehrt. Und meine Mutter ist aus dem Hause Puttkamer. Sie lebt noch, ist ganz rüstig, hier ist sie noch einmal.» Er zog ein Foto von einer reserviert dreinschauenden, sorgfältig frisierten alten Frau hervor.

«Ich bin in der Stadt geboren. Mein Vater hat später ein Haus auf dem Land gekauft, von Leuten, die ins Ausland gegangen sind. Damals hatte er sich das aussuchen können, da er im Vorstand der Parteizentrale der Region war. Das war gut, aber jetzt wächst die Stadt mit dem Land zusammen. Ich habe verschiedene Sachen von den Deutschen gesammelt: Bücher, Bierflaschen, Münzen und so merkwürdige quadratische Schlüssel.» Grzegorz hätte seine negative Einstellung diesen Dingen gegenüber lieber in eine lebendigere Erzählung gepackt, aber Karkowski war vom Wein angeregt und hatte wohl ein größeres Bedürfnis danach, in Erinnerungen zu schwelgen.

«Wir sind 1945 nicht geflüchtet, da meine Mutter Typhus hatte», fuhr er fort und wischte sich die Stirn. «Ich kann mich an nichts erinnern, angeblich haben mich die Nachbarn zu sich genommen. Damals ist auch meine ältere Schwester Helga gestorben, sie war erst vier Jahre alt. Es war ein furchtbarer Winter, ringsum leer, meine Mutter hat sich im Bett gewälzt. Die dicke Frau Freitag mit den kranken Beinen hat ihr geholfen, Helga gleich neben dem Haus zu begraben. Frau Freitag hatte die Kredenz zersägt und aus den Brettern einen Sarg zusammengezimmert. Wissen Sie, wann immer ich dort wieder hingefahren bin, habe ich eine gewisse Beklemmung gefühlt. Das Wasser sah schwarz aus, genauso wie der umliegende Wald. Alles blickte mich irgendwie so an, als ob es etwas von mir wollte. Als Kind hatte ich das alles nicht bemerkt. Ich bin zur Schule gegangen, habe auf dem Feld gearbeitet und habe Krebse gefangen, die wir dann verkauft haben. Meine Mutter hat für zwei geschuftet, hat Milch nach Olsztyn gebracht, sie hat es in ihrem ganzen Leben nicht fertig gebracht, auch nur ein

Wort Polnisch zu lernen. Können Sie sich das vorstellen? Achtzehn Jahre lang allein mitten im Wald, vier Kilometer entfernt vom nächsten Haus. Nur die Züge donnerten ein paar Mal täglich über den Damm. Ich kann mich an Jahre erinnern, die so trocken waren, dass man ständig Sand zwischen den Zähnen hatte. Und es gab Winter, in denen der Frost die Bäume gespalten hat, und wo die Welt in der Dämmerung ausgesehen hat, wie mit leuchtendem Blut übergossen.»

«Hier in der Gegend muss ein richtiger Winter so aussehen!»

«Ich bin auch nochmal in dieses Jarnolty gefahren. Dort gibt es nicht mehr die geringste Spur von allem, das Einzige, was übrig ist, ist eine Gedenktafel in der Kirche. Nicht einmal den Ort, wo das Haus gestanden hat, konnte mir jemand zeigen. Keiner von den Alten lebt mehr dort. Aber können Sie sich vorstellen, Herr Wiechniak, dass es in Ihrem Archiv ..., in Ihrem Archiv habe ich eine Akte mit allen Dokumenten gefunden!» Er entschuldigte sich, und bestellte per Telefon eine Flasche weißen Bordeaux. «Das ist mir sehr nahe gegangen, sehr. Es war so, als ob plötzlich einer meiner Verwandten, ein Unbekannter, vielleicht sogar mein Vater zu mir gesprochen hätte. Es war ein absolut sonderbares Gefühl. Da lebe ich hier in Wohlstand, was ja auch angenehm ist, aber wissen Sie, der Wohlstand tötet das Bewusstsein davon, dass man eine Seele und eine Vergangenheit hat. Unter der Signatur 1004 gibt es die Adelsbestätigung aus dem Jahre 1841 des Warschauer Heroldia-Büros, genauso ein Dokument wurde auf Deutsch später in Królewiec ausgestellt, die Bestätigung des Landbesitzes aus dem Jahre 1798, dazu noch alle möglichen anderen Akten, Inventurbücher ...»

«Haben Sie sich das angeschaut?»

«Nein, ich habe es im Katalog gesehen.»

«Es kann nämlich gut sein, dass es nicht alles stimmt. Auch möglich, dass die Signatur nicht mehr die gleiche ist, wenn sie nach einer deutschen Abschrift reproduziert worden ist, Sie wissen ja, wie das nach dem Krieg war. Es gibt massenhaft Akten aus dieser Zeit. Einige davon sind über zwanzig Jahre lang im Keller des Rathauses gelegen, sie hätten dabei leicht verschimmeln können. Es ist fraglich, ob überhaupt noch alles komplett ist, kein Mensch kann das überprüfen.»

«Genau! Ich würde nämlich gerne», seine Stimme schien ihm einen Moment lang zu versagen, gleichzeitig klopfte es an der Tür, der Wein wurde gebracht und er schenkte wieder nach. «Ich würde Ihnen nämlich gerne diese Akten abkaufen.»

Jetzt war es gesagt, er war sichtlich erleichtert.

Grzegorz stellte sein Glas ab und scharrte nervös mit den Füßen. Die Schatten der Vergangenheit und die Atmosphäre des heimeligen Kaminfeuers waren plötzlich dahin, ein eisiges Schweigen breitete sich aus.

«Wie meinen Sie das: abkaufen?», brummte er nach einer Weile.

«Ganz normal.»

«Aber sie gehören mir doch gar nicht! Das ist doch nicht Ihr Ernst? Wollen Sie mich dazu überreden, dass ich die Akten stehle?»

«Ob Diebstahl oder nicht, das ist eine andere Frage ...» Karkowski hatte sich in einen konzentrierten und ernsthaften Verhandlungspartner verwandelt. «Ich bitte Sie, der museale oder antiquarische Wert dieser Dokumente ist gleich null. In ganz Europa kann man tonnenweise solche uralten Produkte der Bürokratie vorfinden, allerdings mit Sicherheit weitaus wertvollere. In Aachen, in Basel und in Mainz habe ich ganze Säle, bis an die Decke voll gestopft mit mittelalterlichen Pergamenten, gesehen. Kein Mensch hatte die geringste Lust, dort auch nur seine Nase hineinzustecken. Und unsere Papiere? Die werden noch etwa hundert oder zweihundert Jahre in diesem Archiv herumliegen, bis sie ganz einfach von selbst zerfallen. Es wäre mal interessant zu wissen, ob überhaupt irgendjemand im Laufe des letzten Vierteljahrhunderts in diese Akte geschaut hat. Aber für meine Familie stellt sie einen unschätzbaren Wert dar.»

«Und Sie möchten, dass ich sie mir einfach in den Hosenbund stecke, den Pullover drüberziehe und damit hinausmarschiere, ja?»

Karkowski seufzte tief.

«Ich verstehe Sie ja. Es ist eine Frage des Berufsethos und der Loyalität. So etwas kann teuer werden. Ich kann Ihnen aber versichern, dass Sie die staatlichen Bestände um nichts Wesentliches schmälern, es sind, ich sage es noch einmal, persönliche Familiendokumente wie Geburtenbücher und Heiratsurkunden. Objektiv gesehen wertloses Papier, aber für mich sehr wertvoll. Ich möchte Ihnen zwölftausend Mark dafür anbieten.»

Grzegorz erhob sich und wollte hinausgehen.

«Immer mit der Ruhe, Herr Wiechniak! Es ist ja noch etwas Wein da.» Karkowski hatte sich ihm in den Weg gestellt.

«Ich weiß nicht, warum es ausgerechnet so … Man könnte doch einfach gute Kopien beantragen und notariell beglaubigen lassen. Es ist ja keine Geheimkartei.»

«Grundsätzlich brauche ich die Dokumente nicht zu praktischen Zwecken, sondern eher aus Prestigegründen», erklärte Karkowski geduldig. «Es geht aber nicht nur um meine Ambitionen. Es gibt da noch eine gewisse Gesellschaft, einen besonders elitären, hm, Ritterverein, der stellt ganz ungewöhnlich harte Aufnahmebedingungen, zu deren Erfüllung mir genau diese Art von Bescheinigung fehlen würde», fügte er etwas schamhaft hinzu.

«Na gut, und die Eigentumsakte?»

Sein Gastgeber lächelte ironisch.

«Jetzt glauben Sie sicher, dass ich meine Rechte geltend machen will, mich in Jarnolty niederlasse und dieses germanisiere? Erstens haben wir das Gut noch vor dem Krieg verloren – wegen Zahlungsunfähigkeit. Und zweitens, Herr Wiechniak, kein normaler Mensch aus dem Westen hält eure Haltung der Realität gegenüber aus, auch nicht eure Vorschriften, eure Wirtschaft, euer Essen und die Elefanten, die man hier aus jeder Mücke macht. Jedenfalls nicht auf längere Zeit. Keine Angst, es wird sich schon niemand hier ansiedeln, euer Lebenswerk zerstören, sich auf eine ungewisse Zukunft einlassen und euch die Luft wegatmen!» Er schnaubte verächtlich. «Es muss wohl ein ganzes Jahrhundert vergehen – einige Jahrzehnte haben nicht ausgereicht. Einstweilen kommen nur Reisegruppen aus dem Altersheim dorthin, die im Hotel wohnen und die sich aus dem Autobus das schöne Masurenland anschauen. Nicht einmal irgendwelche Überlebenscamps für die bekloppten Abenteuerurlauber werden hier organisiert.»

Grzegorz trank das letzte Glas aus. Der Wein schmeckte ihm nicht mehr, er hinterließ jetzt lediglich Sodbrennen und einen säuerlichen Nachgeschmack. Mein Gott, wo bin ich da wieder hineingeschlittert? Was soll das schon wieder? Einen Moment lang fühlte er so etwas wie eine kalte, schlüpfrige Umarmung. Geld, krumme Geschäfte, Situationen, bei denen man nicht weiß, wie man sich wieder hinausmanövrieren soll. Alle wollen etwas von mir, verflucht nochmal, alle wollen sie etwas!

Ein kalter Schauder lief ihm über den Rücken, er stand auf und zog sich seine Jacke über.

«Zwölftausend Mark, das ist kein Klacks», meinte Karkowski noch einmal, als sie in dem engen Gang standen. «Überlegen Sie es sich gut. Wir können gerne ein andermal noch einmal darüber sprechen. Ich werde in einiger Zeit wieder hier sein, Anfang Juli voraussichtlich. Sie bekommen das Geld sofort bar auf die Hand. Dann brauchen Sie lediglich noch eine kleine Dosis Pragmatismus ...»

Grzegorz antwortete nichts, er band sich seinen Schal um, knöpfte die Jacke zu und suchte in seinen Taschen nach den Handschuhen.

«Herr Wiechniak!» Karkowski blickte ihm plötzlich direkt in die Augen, bis auf den Grund. «Halten Sie sich für einen ehrlichen Menschen, ich meine – wirklich ehrlich?»

«Ich bitte Sie! Wie kann man heutzutage so eine Frage stellen?»

«Wir haben fünf Flaschen Wein getrunken. Werden Sie nun mit dem Auto heimfahren?»

«Ich muss.» Er nickte mit dem Kopf und wollte eine verwegene Miene aufsetzen. Es gelang ihm jedoch nicht und er sah bestenfalls dämlich aus, was ihm ein verstohlener Blick in den Spiegel zeigte.

«Aha.»

Die Beschreibung im Katalog gab nicht viel her. Lange konnte er die Akte mit der Signatur 1004 nicht finden. Er sah sich hilflos um, dann begann er die anderen Regale zu durchsuchen. Endlich, eher zufällig, entdeckte er sie. Sie steckte aus unerfindlichen Gründen inmitten eine langen Reihe von frühen Akten der Staatsrentenbehörde. Nach einem kurzen Blick in den benachbarten Raum hatte er sich vergewissert, dass alle anderen Mitarbeiter wirklich bereits gegangen waren. Er zog ein Paar Gummihandschuhe zum Geschirrabwaschen über und nahm den dicken Packen Dokumente heraus. Das letzte Mal hatte jemand am zwanzigsten September 1953 diese Akte zur Hand genommen, davon zeugte ein undeutlicher, mit Kopierstift geschriebener Vermerk. Eilig blätterte er die aufgequollenen, staubigen Seiten durch. Es gab keine erkennbare Ordnung darin, nicht einmal chronologisch. Private Korrespondenz auf Deutsch und Französisch, irgendwelche Rechnungen, Nachweise, die polnische Beschreibung eines Vorwerks, einer Brauerei, welcher «hiermit der Besitz eines Kachelofens und einer Doppeltür mit Scharnieraufhängung bestätigt» wurde.

Erst irgendwo in der Mitte fand er die Papiere, um die es Karkowski ging. Eine Adelsbestätigung aus Warschau, ein dickes Bündel, zusammengesetzt aus vier großen Bögen, mit einem Siegel und einem farbig ausgearbeiteten Wappen versehen, die Bestätigung des Gerichts in Królewiec und eine Abschrift der Eigentumsakte aus dem achtzehnten Jahrhundert. Auch diese hatte irgendwann einmal ein Siegel bekommen, davon waren aber nur noch ein paar rote Lackkrümel und ein ausgefranstes, schmutziges Band übrig.

Er löste den Knoten, steckte das, was er brauchte, in eine Plastiktüte, band die restlichen Papiere wieder zusammen und steckte die Akte wieder zwischen Hunderte von gleich aussehenden. Das war alles.

Der Portier, in das Fernsehprogramm vertieft, hob nicht einmal den Kopf, grüßte nur mechanisch. Also ging Grzegorz unbehelligt an ihm vorbei in den feuchtkalten Abend, wobei er die grellbunte Plastiktüte schwenkte.

Wieder zu Hause zog es ihn zum Telefon, doch gleichzeitig hielt ihn etwas zurück. Schließlich entschloss er sich dazu, Karkowski nicht anzurufen. Er steckte seine Trophäen in einige große, weiche Kuverts und verstaute sie hinter seinen Büchern.

Am Tag der geplanten Fahrt nach Wirpol stand er um fünf Uhr auf. Er hielt es nicht aus, sein ganzer Körper vibrierte, er war mit einem ungesunden, quälenden Pulsschlag aus dem Schlaf hochgeschreckt. Noch nicht ganz bei sich briet er sich ein Rührei mit Speck und Oliven und hielt Ausschau nach Janczak. Niemand wollte so früh gerne das Haus verlassen. Die Menschen an der Bushaltestelle absolvierten mit eingezogenen Köpfen und noch verklebten Augenlidern den ersten Abschnitt ihrer allmorgendlichen Schinderei. Das Thermometer zeigte minus ein Grad, es war noch dunkel und schneite nass.

Endlich kam ein alter, hellgrüner Pritschenwagen durch das Tor gefahren, aber es war nicht Janczak, der aus dem Wagen sprang, sondern Jacek. Er stellte sich unter das Fenster, pfiff durch die Finger und winkte.

«Dieses Arschloch hat mich angeschmiert, was für ein verdammter Windbeutel, dieses üble Dreckstück!» Jacek tobte vor Wut, als Grzegorz nach unten gelaufen kam. «Kommt gestern Abend daher, gibt mir die Schlüssel zurück und sagt, dass er es nicht macht! Dass er ab heute für jemand anderen einen Ford Transit chauffiert.»

«Wer, Janczak?»

«Diese Ratte! Ich habe ihn damals noch vor dem Arbeitsamt aufgelesen, nicht einmal Sozialhilfe hat er gekriegt, seine Mutter ist dahergekommen und hat mir die Ohren vollgejammert. Na, ich werde schon wieder jemanden finden, aber nicht sofort, und wir sitzen jetzt in der Klemme.» Jacek wurde immer aufgebrachter und ließ Grzegorz nicht zu Wort kommen. «In zwei Stunden ist der Abnahmetermin mit der Bank, es kommt eine Kommission aus Warschau, aber jemand muss trotzdem nach Wirpol fahren. Ich bin seit sieben Wochen hinter diesem Deal her, das kann unmöglich abgeblasen werden. Grzegorz, um Himmels willen! Fahr du hin und hol diese verdammten Scherben! Ich schwör dir, ich weiß nicht, wer es sonst machen könnte. Du wirst es nicht bereuen, bei Gott nicht.» Seine Stimme hatte etwas Flehentliches bekommen.

Grzegorz machte erschrocken einen Schritt zurück.

«Ich? Bist du von allen guten Geistern verlassen? Allein?! Ich kenne mich doch kein bisschen aus, habe nicht den blassesten Schimmer von Kacheln. Und noch nie im Leben bin ich mit so etwas gefahren.» Er zeigte wütend auf die Pritsche, deren schmutzige Plane wie ein zerrissenes Segel im Wind flatterte.

«Hör zu, Mann! Es handelt sich um das beste Terrakotta aus Fiorano. Bei jedem Paket habe ich fünfundsiebzig Złoty Reingewinn. Das ist das Geschäft meines Lebens, wenn mir das jemand vor der Nase wegschnappt, sind fast sechzig Melonen durch den Kamin! «

«Terrakotta aus Italien – an der russischen Grenze??»

«Geschäft ist Geschäft.» Jacek schaute mitleidig.

«Hör auf zu grübeln, hier, nimm den Schlüssel, die Papiere sind im Handschuhfach. Ach ja, nimm das hier!» Er gab ihm eine Gürteltasche. Mit so etwas waren früher die illegalen Geldwechsler in der Stadt herumgezogen.

«Was ist das?»

«Hundertzehn Melonen und zwei für Spesen. Die Summe ist bereits ausgehandelt, du musst es nur hinlegen. Großhandel Bazylko. Wirpol, hinter Siemiatycze. Im Auto ist die Karte, ich habe alles draufgeschrieben. Schau es dir an.»

«Aber ich kann das nicht machen, es ist doch der helle Wahnsinn! Es ist ja auch noch so irre weit, tut mir Leid, Jacek, aber ich sehe mich außer Stande! Was ist übrigens, wenn ich die Karre zu Schrott fahre, zusammen mit deinen vermaledeiten Kacheln?»

«Das wirst du einfach nicht tun!» Jacek drehte sich zur Seite, als wollte er die Nase putzen, aber stattdessen hatte er sein Handy hervorgezogen und gab eine Nummer ein.

«Der Typ fährt jetzt los. Warten Sie auf ihn!», bellte er in den Hörer. «Also fahr schon, Mensch! Zeig, dass du ein Kerl bist. Du wirst doch nicht etwa Schiss haben? Es ist alles geklärt, du kannst beruhigt sein. Wen sollte ich denn sonst fragen? Einen Chauffeur mieten? Heute kriege ich keinen mehr, womöglich gibt der drüben die Ware anderweitig her und ich schaue durch die Finger! Dann kann ich das Zeug irgendwo zum normalen Preis bestellen, so sieht es leider aus bei uns. Die Kiste fährt wie jedes andere Auto, vorwärts und rückwärts. Wenn was ist, ruf an!» Er klopfte seine Taschen ab. «Ich muss weg, muss mich noch in Schale werfen. Wenn du zurück bist, komm zu uns! Der Tank ist voll.»

Ohne sich zu verabschieden sprang er auf den gerade abfahrenden Autobus, quetschte sich in die Menschenmenge auf der Plattform und fort war er.

Grzegorz ging noch einmal hinein, knallte den Schlüssel und die Gürteltasche auf den Tisch und warf sich der Länge nach aufs Bett. Seine Decke umgab ihn mit ihrer zotteligen Zärtlichkeit, als hätte sie Verständnis für seine Lage. Er legte eine Procul-Harum-Platte auf und lauschte. Diese Musik von früher hatte immer irgendwie den Geruch von poliertem Holz. Die Orgel, dunkelbraun, dieser köstliche Sog, der einen in immer höhere Sphären hob, die unübertroffenen Bass-Phrasen, die Trommeln wie in einer romantischen Symphonie und das hohe Vibrato der Gitarren. Schließlich die Stimme von Gary Brooker, männlich, gut ausgebildet, nicht irgend so ein krankes Knabenfalsett oder Pseudoblues-Gekrächze. Ein Schauer lief einem über den Rücken, wenn sie sich vor der Kulisse eines gewöhnlichen, hinter den Fenstern bläulich heraufdämmernden Morgens Ton für Ton nach oben rankte. Hatte man 1967 viel Mut gebraucht, um genau diese Musik zu spielen? In London war es in diesem Sommer angeblich besonders heiß gewesen. Man flüchtete in die U-Bahn, wie zu Kriegszeiten. In den altmodischen Taxis und den knallroten Doppeldeckerbussen war es so stickig, dass man es nicht aushalten konnte. Erst am späten Nachmittag bevölkerten sich die Straßen wieder mit den schrillen Erscheinungen der modernen Gegenwart, mit Straßenkünstlern, Miniröcken und elektronischer

Musik. Die Welt blühte auf, in Gelb und Orange, den Modefarben der Epoche. London war damals wieder die Hauptstadt der Welt gewesen. Was bedeutete es schon, dass man heute einfach dorthin fahren konnte, wenn man doch nie mehr die damalige Atmosphäre atmen würde können. Nur noch in der Musik von Procul Harum klang etwas von Dandytum und von bereits längst vergessenen Liebschaften mit. Die vergangenen Zivilisationen hinterließen Spuren, die sich in der Unendlichkeit verloren.

Durch die Klänge aus dem Lautsprecher ließ sich das Pochen des Stocks vernehmen.

«Grzegorz!»

«Ja, Mama.»

«Von wem hast du das Päckchen gekriegt?»

«Was redest du da, was für ein Päckchen?» Er gähnte und kratzte sich am Hintern.

«Dein Vater hat gesagt, da stand ein Postauto und so ein Mann hat dir ein Päckchen gegeben.»

«Nein, nein. Ich nehme vielleicht an einer Delegation teil.»

«Von der Arbeit? Sei aber vorsichtig, du musst vorsichtig sein, sonst passiert dir mal etwas.»

«Ja, von der Arbeit. Nach Łomża. Ich werde spät zurückkommen, wenn ich überhaupt fahre.»

«Sieh zu, dass du dein Geld und deine Papiere sicher eingesteckt hast, damit dir ...»

Sie redete weiter, aber er hörte schon nicht mehr hin. Er setzte sich an den Tisch und dachte nach. Vielleicht sollte er Teska anrufen? Nein, er würde nirgends hinfahren. Der Teufel sollte diesen Plunder holen! Aber dann? Zugeben, dass er Angst hatte?

Er nahm den Atlas heraus und rechnete nach.

Fast dreihundert Kilometer nach Osten, durch den Schneesturm, in einem Auto, von dem er keinen blassen Schimmer hatte, auf ramponierten, fremden Straßen, bis irgendwo hinter dem Moor, dort wo Kazimierz Bartoszko aus Redlińskis *Konopielki* gewohnt hatte. Sechs, sieben Stunden in eine Richtung. Die haben mich schön angeschmiert! Verdammtes Pack! Einige Male hatte er schon die Hand nach dem Telefon ausgestreckt. Doch er fürchtete sich davor abzusagen und genauso fürchtete er sich vor seiner eigenen Furcht.

Die Heizkörper strahlten eine angenehme Wärme ab, das Innere des Zimmers wurde gegen alle Erwartung nahezu gemütlich, es roch nach Kaffee aus der frisch geöffneten Packung. Alles schien ihn dazu verführen zu wollen, noch eine Runde zu schlummern oder es sich zumindest irgendwo bequem zu machen.

Ratlos zog er sich einen dicken Pullover an, suchte seine Dokumente, schnappte den Autoschlüssel und die Tasche und verließ die Wohnung mit weichen Knien.

Der Pritschenwagen stand etwas schief neben dem Gehsteig, seine Scheinwerfer glotzten dunkel die Straße hinunter, dieselbe Straße, auf der er einst in einer Juni-Nacht mit Teska hierher gekommen war. Die lose Plane klatschte immer noch gleichmäßig und nass an das Holzgestell.

Er hatte kurz eine Vision, dabei sah er das zertrümmerte, zusammengestauchte, blassgrüne Fahrerhäuschen mit der Schnauze im Straßengraben steckend vor sich und sich selbst neben einem Schrotthaufen aus den Einzelteilen in einer Blutlache verendend oder mit höllischen Schmerzen im Bett eines kleinen, schmutzigen

Provinzspitals wieder zu sich kommend, umgeben von fremden Menschen, die mit gleichgültigen Mienen an ihm vorbeigingen.

Noch einmal sah er sich um – auf den kleinen Laden, der über und über mit grellen Reklame-Plakaten für Waschpulver und Zafiro-Tee beklebt war, auf die Haltestelle, die sich bereits geleert hatte, und wo nur noch eine alte, verhärmte Frau, in die Ecke des Wartehäuschens gekauert wartete und auf sein Haus, von wo ihn aus dem Küchenfenster eine Gestalt mit ihren Blicken verfolgte. Er stellte sich vor, dass er all das vielleicht zum letzten Mal sah und ihm wurde elend zumute.

Am Zaun lehnte wie immer derselbe Typ mit dem dreieckigen Gesicht und den smaragdfarbenen Trainingshosen. Er öffnete gerade eine Bierflasche mithilfe eines verbogenen Nagels. Das Bier gab er seinem dicken Kumpel, der sich vor Kälte zusammengekrümmt hatte und der von Zeit zu Zeit mit Schwung auf den Gehsteig spie, wobei er vorher immer mit einem lauten Gurgeln das dafür notwendige Material in seinem Mund ansammelte. Er grabschte gierig nach der Flasche, leckte den herunterrinnenden Schaum von deren Hals und goss sich einen mächtigen Schluck in die Kehle. «Mit Speck fängt man Mäuse. Mit Dreck fängt man Läuse», rezitierte er seine Lebensweisheit, dabei rülpste er mit Nachdruck.

Grzegorz seufzte resigniert und kroch hinter das Steuerrad. Er warf die Tür zu. Das klang, als hätte er Kartoffeln in einen Blecheimer gekippt. Sich auf dem Armaturenbrett zu orientieren nahm einige Zeit in Anspruch, endlich, vor Nervosität schwitzend, ließ er den Motor an. Er klang gleichmäßig und das beruhigte ihn etwas. Langsam und sich hektisch nach allen Seiten umblickend setzte er das Gefährt in Bewegung. Irgendwie kämpfte er sich zu der Kreuzung durch, von der aus er auf die schmale, kurvenreiche Landstraße abbiegen sollte, und auf der sich vor einer Woche der Alte in seinem Mercedes davongemacht hatte. Die Reklametafel «Ich rauche leicht!» war ausgetauscht worden. Wieder wurde eine farbige Zigarettenschachtel gezeigt, jetzt aber mit einem Motorradfahrer, der ausrief: «Die Freiheit erleben!»

An Elwiras Hochhaus war er schon vorbei, er konnte es im Rückspiegel noch durch den aufgewirbelten Schneematsch hindurch erkennen.

Der Wagen ließ sich schlecht lenken, er war schwerfällig, die Scheiben beschlugen dauernd und zwischen den Sitzen heraus stieg ein Gestank nach verbranntem Öl. Eine dünne Schicht Neuschnee hatte die Fahrbahn bedeckt, die sich unter den Autoreifen sofort in flüssigen Matsch verwandelte. Riesige Laster drängten sich an ihm vorbei, hinter denen sich jeweils ein dicker Schmutzschwall über seine Windschutzscheibe ergoss. Selbst die kleineren, durch den Schlamm formlos und unkenntlich gemachten Autos preschten eins nach dem anderen vorbei und bespritzten ihn mit der Brühe von der Straße. Grzegorz hörte ringsum das kakophonische Heulen, Röcheln, Zischen und Platschen. Er hatte Angst, dass seine Räder jeden Moment die Haftung mit der Fahrbahn verlieren könnten, starrte in das dreckige Chaos bis seine Augen schmerzten und in jeder Kurve klopfte ihm das Herz bis zum Hals, wenn der Wagen im nächstniedrigeren Gang aufheulte.

Nach einigen Kilometern war es in der Kabine warm geworden. Es sah aus, als hätte es aufgehört zu schneien, irgendwo in der Ferne, hinter den von schwerem Weiß fast erdrückten Wäldern, durch welche die Straße führte, begann der Himmel langsam seine tiefschwarze Farbe zu verlieren. Grzegorz fühlte sich langsam sicherer und atmete leichter.

So gelangte er glücklich nach Szczytny. Von dort ging es weiter nach Myszyniec und Ostrołęka. Er streckte sich und es wurmte ihn, dass es in der verdreckten Kiste kein Radio gab. Wahrscheinlich stimmte es, dass man einfach auf alle Phobien, Vorahnungen und düstere Visionen pfeifen musste. So würde man nichts verkomplizieren und konnte den Lauf des Lebens in den Griff bekommen. Alles hing davon ab, dass man Entscheidungen fällte und was für eine Haltung man sich selbst gegenüber hatte. In einem Rezept, wie man die Menschen und die Welt zu beurteilen hat, sollte das Wörtchen «aber» am besten gestrichen werden. Dann war man mächtig wie ein Sultan, alles lief wie geschmiert und es gab nichts, was schief gehen konnte! Euphorisch boxte er gegen das Lenkrad.

In Myszyniec verirrte er sich, verlor sich in den mit Schlaglöchern übersäten, hässlichen Straßen zwischen Häusern mit bröckelndem Putz. Er steckte den Kopf aus dem Fahrerhäuschen und fragte irgendwelche Leute nach der Straße Richtung Łomża. Endlich fand er aus dem Städtchen wieder hinaus auf die leere, trostlose Hauptstraße, die durch eine Landschaft verlief, bei deren Anblick es einem sentimentalen Polen warm ums Herz werden konnte.

Die Wälder begannen anders auszusehen als in der masurischen Landschaft, sie wirkten gedrungen, kaum zu unterscheiden von dem Dickicht, das zwischen den wie Säulen aufragenden hohen Stämmen ein molkefarbenes, trübes Grau angenommen hatte. An seinen Scheiben flogen die vom Schnee zugewehten Felder vorbei, auf denen goldfarbene Weiden neben unsichtbaren Tümpeln mit ihren nackten, einsamen, im leeren Raum verloren wirkenden Ästen aufragten. Der Schlamm spritzte, als er durch diese Landschaft fuhr, wo man die Wohnhäuser nur mit Mühe von den dicht aneinander gedrängten Schuppen, Ställen, Scheunen und Speichern mit daran lehnenden Leitern, unterscheiden konnte. Es war eine chaotische Komposition von Dachpappe und angefaultem Holz. Hier wurde das Auge nicht mehr mit Reklametafeln für Mobil-Öl oder Katzenfutter strapaziert. Mit Mühe wich Grzegorz den sich dahinschleppenden Fuhrwerken aus, den schiefbeinigen Radfahrern, die verbissen mit einer Zigarette im Mund in die Pedale traten, und den zerbeulten Traktoren, die eher an fahrende Schrotthaufen erinnerten und bei deren Anblick man sich kaum vorstellen konnte, was für eine Kraft sie in Bewegung zu setzen vermochte.

Zwölftausend Mark! Ein Haufen Knete. So plötzlich. In Reichweite. So selbstverständlich, dass es kaum noch irgendeine Emotion in ihm wachrief. Ein neuer Polonez? Ein Urlaub, irgendwo, von wo man ein paar hübsche Postkarten verschicken konnte? Da könnte ich aufblühen, ein anderer Mensch sein, zum Teufel, vielleicht werde ich endlich das abschütteln, was mir da jeden Morgen aus dem Spiegel entgegenblickt?

Und der Piefke? Schließlich verlangte er ja wirklich nicht, dass Grzegorz ein Kunstwerk oder eine Rarität von unschätzbarem Werk entwendete. Es war doch nur alter Papierkram, der wirklich für niemanden mehr von Interesse war. Und moralisch gesehen hatte er sogar Recht. Sie gehörten ihm. Wäre es wirklich ein Verbrechen, sie ihm zurückzugeben? Und wenn ja, dann was für eines? Wem würde es wehtun, wenn er das Anliegen eines andern unterstützte, das für diesen essentiell zu sein schien?

In letzter Zeit hatte er immer mehr das Gefühl bekommen, dass er bei diesem rasenden Spiel der Überraschungen, der Verwirrungen, des Entsetzens und der darauf folgenden Erleichterung auflebte und sich wie neugeboren vorkam. In seinem ganzen Leben hatten sich die Ereignisse noch nie derartig überstürzt. Sogar die Scheidung mit Teska war kein solcher Schlag gewesen – sie hatte alles erklärt, sich entschuldigt und die Konsequenzen akzeptiert. Jetzt brachte jeder Tag einen Schock mit sich, einen Schock, der auch neue Eigenschaften, die in ihm schlummerten, ans Licht holte. Vielleicht hatte es schon seine Richtigkeit im Leben, dass jeder Mensch einmal eine solche Zeit, einen großen Moment durchmachte, in dem Entscheidungen fallen mussten? Nur dass die meisten Menschen es gar nicht bemerken und somit auch nicht nutzen konnten.

Eine Nachtvorstellung des Filmes *Fluchtpunkt* von Sarafian, den er einmal mit Teska in Toruń gesehen hatte, fiel ihm ein und er lachte laut auf. Es war ja kein Kunststück gegen die Welt zu rebellieren, wenn man in einem vollklimatisierten weißen Dodge-Challenger saß und mit hundertvierzig Sachen durch die Wüste preschte. Aber was für eine Rebellion war es schon, wenn man im klapprigen Fahrerhäuschen eines dreckigen Pritschenwagens saß, auf dem Weg in ein gottverlassenes Kaff? Eine derartige Rebellion konnte nur gegen einen selbst gerichtet sein.

Hinter Łomża tankte er und versuchte im Restaurant gegenüber der Tankstelle etwas zu essen zu bekommen. Das Lokal erweckte den Eindruck, als befände es sich in einer untergegangenen Welt. Im hinteren Teil saß ein gutes Dutzend Typen auf schäbigen, vernickelten Stühlen. Sie tranken «Stierblut» und stießen dabei lautstark an – jeder mit seiner Flasche. Als Grzegorz hereinkam, wandten sie ihre Gesichter sofort ihm zu, sie durchbohrten ihn förmlich mit ihren bösen, verbitterten Blicken durch die Rauchschwaden hindurch. Dieser Rauch war derartig beißend und atemraubend, dass er unmöglich von den Monopolzigaretten herrühren konnte, es war wohl so ein mörderisches Kraut, wie es Sergeant Czernousow in der Serie *Vier Panzerfahrer und ein Hund* fortwährend qualmte. Grzegorz hielt ihren Blicken tapfer stand. Er bestellte einen Kaffee bei der in eine wattierte Jacke gehüllten Bedienung, die hinter der Theke stand und über die gähnende Leere in der Glasvitrine wachte.

«Kaffee? Etwa noch Wasser aufstellen?», lautete die Antwort. Also kaufte er eine Tüte Salzstangen, das einzig Essbare, was außer ein paar zerdrückten Schokoriegeln zu haben war, dazu eine klebrige Flasche Orangeade mit halb abgelöstem Etikett.

Einer der Typen stand auf und ging breitbeinig über den ausgefransten, schmuddeligen Läufer auf Grzegorz zu. Es sah aus, als hätte er die Hosen voll. Grzegorz nahm das Wechselgeld in Empfang, drehte sich um und ging betont langsam hinaus, trotz des hasserfüllten Blicks des anderen, der sich in seinen Rücken bohrte. Und obwohl der Typ nur einen Meter hinter ihm herging und es mehr als deutlich war, dass er es auf eine Kollision abgesehen hatte, erlaubte Grzegorz es sich nicht, seinen Schritt zu beschleunigen.

Er schob sich langsam auf dem Gehsteig entlang, zermalmte die Salzstangen und spülte sie mit der bonbonsüßen Brühe hinunter. Dabei kam ihm die deutsche Legende vom versunkenen Land in den Sinn, ein Land, das nur einmal im Jahr wieder auftauchte, und dessen Bewohner bei dieser Gelegenheit auch immer wieder erschienen, obwohl sie doch schon vor Jahrhunderten vom Sumpf verschluckt worden waren.

Kurz vor vier Uhr kam er in der Ortschaft Wirpol an. Er hatte immer wieder fragen müssen und er hatte sich auch noch einige Male auf irgendwelchen Seitenwegen verirrt. Es wurde schon dunkel und kalte Windböen rüttelten an seinem Gefährt. An den Scheiben setzten sich Eiskristalle fest. Den Großhandel Bazylko fand er hinter dem Ort, unmittelbar vor dem Wald, dessen Front trotz des schlechten Wetters völlig reglos schien, so als ob die hereinfallende Dämmerung sie zum Erstarren gebracht hätte.

Die Tür zum Lager, bis vor kurzem wohl ein Kuhstall der landwirtschaftlichen Staatsgüter, war schon geschlossen, aber in einem Nebengebäude brannte noch Licht.

Er stellte den Motor ab, stieg aus und klopfte. Niemand machte auf, also drückte er die Klinke und trat in einen dunklen Flur. Weiter hinten, durch eine angelehnte Tür konnte er zwei Männer sehen, die am Tisch saßen und aßen. Eine ältere Frau hantierte am Herd.

«Gib mir noch ein Brot, Mulka!»

«Da schau her! Hast Hunger, hm?», antwortete die Frau.

Sie hatten einen starken Akzent, es war deutlich, dass sie nicht aus dieser Gegend stammten. Grzegorz begrüßte sie.

«Ihr Chef hat schon angerufen. Wegen dem rosa Sirio, oder? Steht bereit. Sie sind spät dran!»

Grzegorz musste alle fünfundvierzig Packungen selbst aufladen. Der Mann entschuldigte sich damit, dass er nichts heben dürfe, seine Hilfskraft war schon nach Hause gegangen und der andere da in der Küche, das war bloß ein Bekannter.

Wütend holte er also die Packungen von dem ihm zugewiesenen Stapel in einer Ecke des Lagers, wo es noch nach Dung roch. Er musste sie anheben, auf den Rand der Ladefläche legen, selber hochklettern und die Packung nach innen schieben. Seine Wirbelsäule und seine Arme schmerzten, er war todmüde, in seinem Kopf wirbelte alles durcheinander … Als er die vereinbarte Summe zahlte, warf er einen besorgten Blick auf die gewundene Straße, die sich im Dunkel verlor. Sie gingen noch einmal hinein und die Frau gab ihm einen Becher voll Tee und ein Wurstbrot.

Gerne wäre er einfach da geblieben, hätte sich an den Ofen gelehnt, um wenigstens im Sitzen ein wenig zu schlummern, während die roten Flämmchen hinter dem Gitter tanzten. Es sah danach aus, als wollte es nie mehr aufhören zu schneien.

«Im Radio sagen sie, nur hier schneit es so, weiter im Norden hat es aufgehört», tröstete ihn der Händler. «Wenn Sie gut vorwärts kommen, dann sind Sie um Mitternacht daheim. Was ist das schon – für so einen Kerl wie Sie!»

Der voll geladene Wagen hatte eine bessere Straßenlage, aber der zunehmende Schneesturm machte Grzegorz immer mehr zu schaffen. Er verfiel fast in Panik, seine Hände umklammerten das Lenkrad und begannen zu schwitzen, seine Augen brannten schon vom Starren in den blendenden Lichtkegel, den seine Scheinwerfer in das wüste Schneetreiben schnitten. Milliarden gleißender Funken hefteten sich an die Windschutzscheibe und die Wischerblätter konnten diese Massen kaum bewältigen.

So kämpfte er sich durch die Nacht. Ein paar Stunden lang konnte er seine Müdigkeit unterdrücken. Dabei dankte er Gott, dass er entgegen aller Naturgesetze doch noch immer den schwarzen Asphalt erkennen konnte.

Die Straße führte durch Nowogrod und auf eine Brücke über den Narew. Hier sah es aus, als ob es zu schneien aufgehört hatte. Grzegorz gab etwas mehr Gas, und als es bergab ging, trat er die Kupplung und ließ den Wagen ein bisschen im Leerlauf rollen. Dann schaltete er in den dritten Gang und kuppelte langsam wieder ein.

Es gab eine plötzliche Erschütterung, der Wagen neigte sich heftig zur Seite, von unten ließ sich ein fürchterliches Knirschen vernehmen. Der Motor gab ein ersticktes Geräusch von sich und verstummte dann ganz, der Wagen rutschte noch etwa fünf Meter weit auf seinen blockierten Reifen und kam endlich zum Stehen, die Schnauze fast im Straßengraben.

Gelähmt vor Schreck saß Grzegorz noch eine ganze Weile unbeweglich da. Er war von kaltem Schweiß bedeckt und anstatt fortzulaufen wartete er angespannt – er war überzeugt davon, dass der Wagen jeden Moment in Flammen aufgehen müsse.

Es geschah jedoch nichts dergleichen, nur die Scheibenwischer ratterten hin und her.

Die Gangschaltung ließ sich nicht mehr bewegen, wenn er die Kupplung trat, machte der Wagen einen Ruck und blieb dann mit einem metallischen Krachen, als würde Schrott zermalmt, wieder stehen.

Seufzend stieg er aus und öffnete die Motorhaube. «Herrgott, da sitze ich nun wieder in der Patsche!» Er dachte an den Romanhelden bei Hłasko, der in einer ebensolchen Winternacht auf der

Straße seinen halben Motor auseinander genommen hatte, nur um zu zeigen, was er für ein Kerl war. Scheißdreck! Faustdick gelogen! Der große Schriftsteller hatte wohl vergessen, dass man für so eine Aktion eine Lampe brauchte.

Unter der Motorhaube war nichts zu sehen, immerhin konnte er die Hände ein bisschen wärmen. Es schneite nur dünn, aber in der Luft konnte er schon den herannahenden Frost fühlen. Die Nacht war schwarz wie Ruß, die weißen Flächen der Felder waren lediglich schemenhaft zu erkennen. Er schaltete die Warnblinkanlage ein. Ein paar Autos fuhren vorbei, aber sie verlangsamten ihre Fahrt nicht einmal, obwohl Grzegorz winkte und sich mitten auf die Fahrbahn stellte. Telefonieren! Bloß wie und von wo?

Es wollte ihm scheinen, als ob er weit hinter der Biegung der Straße das Bellen eines Hundes gehört hatte. Einen Moment lang zögerte er: Sollte er die Ladung hier zurücklassen und sich vom Wagen entfernen? Aber dann schlug er den Kragen hoch, zog den Kopf ein, steckte die Hände in die Taschen und ging am Rand der gewundenen Straße in die Nacht hinaus.

Irgendwo konnte er ein Haus ausmachen, ein vorbeifahrender Lastwagen hatte mit seinen Scheinwerfern für einen Moment seine Konturen sichtbar werden lassen. Ohne etwas genau zu erkennen stolperte er in einen Hof. Ein riesiges Monster von einem Hund sprang ihm mit heiserem Bellen entgegen. Grzegorz wich zurück und stieß schmerzhaft mit dem Bein an einen Stoß Bretter. Zum Glück war der Hund angebunden, er zerrte wütend an seiner Kette. Grzegorz tastete sich weiter und gelangte zu einem überdachten Eingang, klopfte, hämmerte dann mit der Faust gegen die Tür, rief laut seinen Namen und fragte, ob er telefonieren dürfe. Keine Antwort, obwohl er deutlich Geräusche im Inneren des Hauses wahrnehmen konnte. Resigniert gab er es auf und kehrte zum Auto zurück, schloss das Fahrerhäuschen hinter sich zu und versuchte auf dem Sitz zusammengekrümmt einzuschlafen, dabei träumte er von seinem Bett und einer Heizung. Von Zeit zu Zeit schien es ihm, als höre er, wie seine Mutter mit ihrem Stock an seine Tür pochte – aber es war die Kälte, die ihn weckte. Also ließ er den Motor an, um die Heizung anzustellen und nickte wieder ein. So hielt er irgendwie bis um fünf Uhr morgens durch, immer wieder zusätzlich aus Sorge um die Ware hochfahrend. Schmutzig und stinkend, mit einem fauligen Geschmack im Mund wachte er schließlich ganz auf.

In der Nacht war die Schneedecke dicker geworden, die wenigen vorbeifahrenden Autos gruben tiefe Furchen in die Fahrbahn. Die Scheiben drohten zuzufrieren, er musste sie freikratzen.

Als er bereits vor Kälte zu zittern begann, hielt endlich ein Traktor mit einem angehängten Jauchebehälter neben ihm. Der Fahrer steckte seinen Kopf aus der mit Leinwand überdachten Fahrerkabine und versuchte gegen den Motorenlärm anzubrüllen. Nein, es gäbe in der Nähe keine Werkstatt, aber er kenne da einen, der das «schon irgendwie richten» würde.

Grzegorz zog wortlos fünfhunderttausend Złoty aus seiner Tasche. Daraufhin überlegte der barmherzige Traktorfahrer nicht lange, sprang heraus, koppelte den Jauchebehälter ab und stieß ihn in den Straßengraben, sodass sich die Aufhängung in den Schnee bohrte und das Hinterteil in die Luft ragte.

Als er mit einem lädierten Hanfseil Grzegorzs Fahrzeug wunderbarerweise zu dem, der es «schon irgendwie richten» würde, geschleppt hatte, erschien hinter dem Horizont bereits eine große, rote, bedrohliche Sonnenscheibe.

Der nicht gerade Vertrauen einflößende Mechaniker war keineswegs darum bemüht zu verbergen, dass seine Arbeit illegal war. Vor der Scheune, in der sich seine Werkstatt befand, stand eine ganze Reihe von Autos. Der Chef kam höchstpersönlich heraus, zog sich die Hosen hoch und warf eine Zigarettenkippe in ein leeres Hühnergehege.

«Keine Ahnung, woher der kommt. Die Nummernschilder sind voll Dreck», erläuterte der Traktorfahrer die Situation.

Der Chef blickte auf Grzegorz, der ausgestiegen war.

«Wird schwer sein. Hab auch zu tun.»

Er setzte sich in die Fahrerkabine, versuchte den Hebel der Gangschaltung zu bewegen, ließ den Motor an und stellte ihn sofort wieder ab.

«O Mann, o Mann!» Mit nahezu sadistischer Freude zog er den Moment in die Länge, in dem er die Diagnose stellen sollte.

«Wenn ihr mich fragt, das ganze Getriebe ist hin. Heute geht da nichts mehr. Da muss man das Ding ausbauen, sich das ansehen, Ersatzteile kaufen fahren... Ein paar Tage wird 's wohl dauern.»

«Was kostet ein neues?»

«Was weiß ich, sieben, acht...»

Grzegorz ließ sich nicht irritieren und zeigte auf einen Pritschenwagen, der in der Reihe neben dem Zaun stand und auf dessen offen stehende Tür eine riesige Kaisersemmel gemalt war. Er schluckte und sammelte sich.

«Und der, wem gehört der?»

«Dem Bäcker aus Mieleszki.»

«Vier Gänge?»

«Ja.»

«Und was fehlt ihm?»

«Die Bremse hat was. Und die Benzinpumpe. Die Ventile gehören eingestellt.»

«Dann könnten Sie das Getriebe austauschen.»

«Was? Sie sind wohl nicht bei Trost?!», schnaubte der Mechaniker. «Das ist ein Bekannter von mir, der kommt morgen. Dann soll ich ihm sein neues Auto total verpfuscht zurückgeben? Ich bin doch kein Dieb!»

«Ich bitte Sie, tauschen Sie es aus! Es ist dringend!»

«Sie sind wohl betrunken!» Der Mechaniker steckte die Hände in die Taschen und wandte sich zum Gehen. Das Gespräch betrachtete er als beendet.

«Moment mal, immer mit der Ruhe. Wer redet denn von stehlen? Ich gebe Ihnen vier Riesen, Sie kaufen alles, was nötig ist und bis morgen hat er mein repariertes Getriebe. Er muss nicht einmal etwas davon erfahren.»

Der Mechaniker sah ihn mit einem Blick an, als hätte er Seife gegessen.

«Fünf Riesen», entschied er dann die Sache.

«Also gut, fünf, wenn es in Ordnung ist.»

«Biniek, her da!», rief er einem korpulenten Halbwüchsigen zu, der gerade sein Fahrrad an die Umzäunung lehnte.

«Zieh dich um und bau die Kupplung aus. Erst aus dem da, dann aus dem andern. Stell den Hackklotz drunter. Nimm das Montageeisen zum Hebeln!» Er warf ihm krachend ein langes Brecheisen vor die Füße.

Grzegorz ging in den kleinen Werkzeugschuppen, wo es nach Wagenschmiere roch und alle möglichen ausgebauten Ersatzteile verstreut herumlagen. Er ließ sich schwer auf einen Schemel neben dem Heizkörper fallen. Langsam erfasste ihn die Wärme. Er wusste nicht, wann er eingeschlafen war. Den Kopf hatte er mit den auf die Knie gestützten Händen gehalten. Als er aufwachte, ging es schon auf Mittag zu. Biniek stand vor ihm, mit einem Steckschlüssel in der Hand.

«Na, ausgepennt? Bin auf Zehenspitzen gegangen! Das Ding ist fertig, es fährt wieder.»

Die Sonne blendete, aber noch schmerzhafter war das gleißende Weiß ringsum.

Grzegorz kontrollierte die Ladung, versicherte sich, dass er alles hatte und stieg in die Kabine. Er fuhr im Hof ein Stück vorwärts und ein Stück rückwärts, dann blieb er gegenüber dem Tor stehen. Der Wagen zog besser und lief leiser als vorher.

«Na? Läuft wie geschmiert, was?», rief der Chef und öffnete die Tür. «Wir haben bei Gelegenheit auch das Öl gewechselt, das ist schon mitgerechnet. Also, wie ausgemacht …»

«Mhm.» Grzegorz machte eine Bewegung, als wolle er aus seiner Brusttasche das Geld ziehen. Gleichzeitig drehte er sich auf seinem Sitz, gab dem Chef einen heftigen Tritt vor die Brust, schlug die Tür zu und gab Gas.

Der Wagen machte einen Satz nach vorne und holperte schleudernd auf die verschneite Straße. Grzegorz konnte noch im Rückspiegel sehen, wie der andere hintenüber fiel, sich ans Herz griff, aber sofort wieder auf die Beine kam und zusammen mit Biniek hinter dem Wagen herlief. Biniek hob noch etwas von der Erde auf und warf es ihm zornig nach. Die beiden Gestalten wurden immer kleiner und verschwanden schließlich.

Eine Stunde lang lauschte er angestrengt, ob er eine Sirene hören konnte, angsterfüllt sah er sich bereits von der Polizei verfolgt. Doch nichts dergleichen geschah. Einen Moment lang überlegte er sogar, ob er eine andere Straße nehmen sollte, aber dann beruhigte er sich: Was hätten diese Leute schon der Polizei melden können? Dass sie in ihrer illegalen Werkstatt einem illegalen Kunden in Schwarzarbeit ein gestohlenes Getriebe eingebaut hatten, dafür ein horrendes Geld verlangt hatten und selber geprellt worden waren? Er entspannte sich und unterdrückte mit Mühe seine maßlose Freude über den gelungenen Coup.

Erst als er kurz vor Szczytny von weitem eine Polizeiblockade mit Funkwagen an beiden Straßenseiten und schwer bewaffneten Polizisten erblickte, verging ihm das Lachen. Er konnte jedoch seine Nerven in Zaum halten und fuhr ruhig mittendurch, als sei es das Normalste der Welt. Niemand hielt ihn auf. Im Vorbeifahren konnte er noch ein Gruppe Uniformierter sehen, die im Halbkreis um einen Vortragenden herumstanden. Geländeübung im Rahmen einer Polizeischulung! Er wischte sich den Schweiß von der Stirn.

Vor Teskas Haus kam er ins Rutschen, um ein Haar wäre er mit seinem Wagen in die Schuhcreme-Reklame auf einer Litfaßsäule geschlittert. Vor Müdigkeit konnte er nichts mehr denken, er fühlte nur noch, wie sein Gesicht brannte und alle Knochen schmerzten. Mit letzter Kraft schleppte er sich nach oben, um den Autoschlüssel abzugeben.

«Ich habe mir schon Sorgen gemacht.» Teska kam herbeigerannt und küsste ihn auf die Stirn.

«Als ich erfahren habe, was dieser Lump dir da eingebrockt hat, dachte ich, ich muss ihm die Augen auskratzen. Ich habe mir schon die schlimmsten Sachen ausgemalt, vorgestern habe ich nämlich dort angerufen und die haben gesagt, du seist schon lange wieder unterwegs. Du hättest Jacek sehen sollen: er ist von diesem Banktermin stockbesoffen zurückgekommen. Die ganze Nacht hat er gekotzt und jetzt schläft er. Ich werde ihm gleich die Ohren lang ziehen, die Kacheln soll er selber ausladen! Komm rein, du hast sicher Hunger. Ich wärme dir ein Stück Gänsebraten auf.» Sie zog ihn in die Wohnung.

«Ich kann nicht, ich muss unbedingt schlafen.»

«Na gut. Grzegorz? Du bist ein Teufelskerl!» Sie streichelte ihm die Wange, während er kurz das Wesentlichste berichtete.

Zu Hause duschte er und aß ohne genau hinzusehen alles, was sein Kühlschrank hergab. Obwohl es erst halb fünf Uhr war, vergrub er sich unverzüglich in seinem Bett. Er fröstelte und die Schläfrigkeit, die ihn übermannte, war bleiern und unangenehm. Er hörte ein Schlurfen, das Pochen des Stocks und die Stimme:

«Grzegorz! Warum kommst du nicht von der Arbeit heim? Hast du noch Extraschicht gehabt?»

«Alles in Ordnung, Mama. Morgen erzähle ich es dir», brachte er mit Mühe hervor.

Die Heizung lief auf Hochtouren, doch die dicke Decke schien wie aus Papier zu sein. Sein ganzer Oberkörper wurde von Schüttelfrost erfasst und er konnte nichts dagegen tun. Schließlich sprang er noch einmal aus dem Bett, wobei ihn die Kälte wie ein Schmerz anfiel, und suchte in der Schublade nach Aspirin. Er schluckte zwei Tabletten und zog noch eine zusätzliche Decke aus dem Schrank. In seinem Kopf wirbelte alles durcheinander, der ziehende Schmerz wurde immer stärker. Irgendwo hinter der Wand, von einem weit entfernten Winkel der Siedlung, konnte er das Heulen von Polizeisirenen vernehmen. Seine Zähne klapperten, er rollte sich zusammen und erwartete jeden Moment, Schritte auf der Treppe und ein Hämmern an seiner Tür zu hören. Es geschah zwar nichts dergleichen, doch er stellte sich vor, dass ganze Brigaden von Verfolgern hinter ihm her waren, dass jemand ein Fahndungsporträt von ihm anfertigte, dass die Menschen vom Bahnhof, vom Archiv und der ganzen Umgebung der Reparaturwerkstatt ihn mit ihren Aussagen belasteten. Langsam fiel er in eine zitternde Finsternis, wo abwechselnd eiskalte Wasserfälle tosten und ihn klaffende, glühende Öfen anstarrten.

Viele Stunden später öffnete er die Augen, er spürte die beunruhigende Gegenwart von jemandem. An seinem Tisch saß ein Mann im gelben Lichtkegel der Lampe. Dieser hatte sehr ebenmäßige Züge, man hätte fast sagen können, dass er schön war, statuenhaft schön. Er sah aus wie aus Eisen gegossen und nicht wie aus nachgiebigem Stein gemeißelt. Sein Blick war ruhig und konzentriert, ohne Anflug irgendeiner Emotion, so als wollte er sämtliche Eigenschaften erfassen, die vom Gesicht eines Menschen abzulesen waren, als wollte er direkt in sein Innerstes blicken.

«Wer sind Sie? Wie sind Sie hierher gekommen?», krächzte Grzegorz, verwundert darüber, dass er eigentlich weder überrascht war, noch Angst verspürte.

«Sie haben selbst Ihr Bestes getan, damit ich komme. Hier bin ich also», versetzte der Unbekannte. «Das ist der normale Ablauf der Dinge, so sieht nicht nur das Ende eines bestimmten Abschnitts aus, sondern auch der Anfang eines neuen.»

«Ich verstehe nicht. Ich kenne Sie überhaupt nicht.»

«Sie kennen mich sehr gut, wir sind sogar verwandt. Und doch werden wir uns nie duzen.»

Er stand auf und begann im Zimmer herumzugehen. Er war schlank, trug einen eleganten Anzug und verströmte einen exklusiven und teuren Duft. Die Weiber würden bei so einem ..., dachte Grzegorz nicht ohne Neid.

«Also, hören Sie schon auf sich zu verstellen!», fuhr der andere fort, vom Cepelia-Regal zum Fernseher schreitend. «Ich komme nur dann, wenn ER da oben», er hob den Blick zur Decke, «seinem speziellen Mangel an gutem Willen oder seiner Inkompetenz gegenüber den Menschen Ausdruck verleiht. Einem besonderen Typus von Menschen gegenüber, das sollte ich vielleicht betonen.»

«Und was hat das mit mir zu tun?» Grzegorz krümmte sich unter seiner Decke zusammen. Sein Pyjama war schweißnass.

«Sie möchten ganz einfach nicht das realisieren, was GOTT von den Menschen verlangt. Das beweisen Sie mit jedem Ihrer Schritte.»

«Guter Mann, ich habe Fieber und was faseln Sie da?»

Geduldig fuhr der andere fort: «Schauen Sie, die Menschheit besteht aus zwei ungleichen Teilen. Der eine, das ist die erdrückende Mehrheit, das sind die, die ER dauernd an der Hand führt und durch die ER eine Daseinsberechtigung hat. Es sind die Schwachen, die Beschränkten, die nicht imstande sind, auch nur einen Funken Individualität aufzubringen. Für diese hat ER die zehn Gebote erfunden, damit sie das, was sie tun, richtig einschätzen können. Für sie hat ER die Gefühle erfunden und hat dem Gold seinen Wert verliehen, damit sie ihrem Leben einen Sinn geben können. Seine Macht geht ja nicht nur von irgendeinem Altar in der Kirche aus, das wäre eine naive Vereinfachung. Sie steckt genauso in den Zaubersprüchen der indianischen Magier, ägyptische Pharaonen haben sie ausgeübt – und es war sogar etwas von ihr in den Taten der Roten, die sich doch von GOTT losgesagt hatten und die sich in dem naiven Glauben befanden, dass man GOTT lächerlich machen oder ignorieren könne. Dem so genannten Atheismus frönen die größten Kindsköpfe. Das ist etwa so, wie wenn man gegen den ärgsten Feind vorgeht, indem man behauptet, es gäbe ihn gar nicht.» Grzegorz war verstummt und sein Gast fuhr geduldig fort: «Der andere Teil der Menschheit jedoch, das ist nur eine knappe Hand voll, das sind die, die verstanden haben, wie minimal seine Fürsorge ist, wie mickrig seine Gaben und wie viel man sich doch eigentlich lediglich selbst zu verdanken hat. Denn, was kann ER uns schon geben? Was verspricht ER? Der höchste Preis für Gehorsam und Unterwerfung ist das fruchtlose Faulenzen während des ewigen Lebens oder das Allwissendsein ohne die Möglichkeit zur praktischen Anwendung. Gibt es ein Gebot, das besagt: «Du sollst brillant sein!» oder gar «Du sollst über die anderen hinauswachsen!» Gibt es eines, das uns sagt: «Du sollst kreativ sein!» oder «Du sollst schön sein!»? Nur ich allein kann das Feuer bei denen schüren, die dies durch ihr entschiedenes Vorgehen, ihren Widerstand oder ihre Opferbereitschaft verdienen. Nur ich kann einfach sagen: Da, nimm, was du dir erkämpft hast! Das alles gehört dir! ER hingegen würde den ganzen Genuss des Erlangens von Schönheit mit Barmherzigkeit verwässern und somit verschwenden, ER würde sie dem Einzelnen wegnehmen, aufteilen und allen ein unbedeutendes, winziges Stückchen davon abgeben.»

«Also, dann sind Sie der …», stammelte Grzegorz.

«Sie müssen nicht zu Ende sprechen!»

«Ehrlich gesagt, ich habe Sie mir immer ganz anders vorgestellt …» Grzegorz zog unwillkürlich die Bettdecke bis unter die Nase.

Der Unbekannte lächelte das erste Mal.

«Man hat mir einen Ziegenbart gemalt, Hörner aufgesetzt, einen Schwanz und Hufe verpasst und eine Mistgabel in die Hand gedrückt. Irgendwelche armen heimgesuchten Idioten feiern zu meinen Ehren schwarze Messen, obwohl ich nichts mehr hasse als Schwärze. Ich brauche grelles Licht und ein Feuerwerk von Farben. Das alles geht auf sein Konto: ER will den Leuten Angst machen, ihre Schwäche und Unsicherheit festigen. Wo ich doch alles andere als schrecklich bin. Ich habe noch nie einem hilflosen Säufer an einer Wegkreuzung die Seele entrissen, ich habe noch keinen in den Sumpf geführt, ich habe noch nie eine Saat zunichte gemacht. Das einzige Feuer, das in der Hölle brennt, ist das Feuer des unausgesetzten Streits, des schöpferischen Kampfes zwischen den außergewöhnlichsten Köpfen aller Zeiten. Stellen Sie sich vor, wie die Funken stieben, wenn Seneca mit Voltaire aneinander gerät, Baudelaire mit Dante, Nietzsche mit Platon! Mein Reich, das ist die Kraft, der Ehrgeiz, die außergewöhnliche Leistung. Und zu Ihnen bin ich gekommen, weil auch Sie außergewöhnlich sein können. Es steht in Ihrer Macht.»

«Wie das?», fragte Grzegorz. Seine Lippen brannten und er musste sie fortwährend befeuchten.

«Zuerst muss man die Angst abwerfen und zwar zur Gänze. Man muss alles der eigenen Person unterordnen. Hart und rücksichtslos kämpfen. Dann werden auch die kühnsten Träume von Ruhm und Anerkennung durch die anderen in reale Nähe rücken. Denken Sie dran: ER ist irgendwo da oben», wieder deutete er an die Zimmerdecke, «aber ich bin hier!», er zeigte auf seine Brust. «Verfolgen Sie weiter Ihren Weg, versetzen sie weiter Berge und schauen Sie nicht auf den Preis.»

«Soll das heißen, dass das Böse in mir ist? Das ist ja nichts Neues. Habe ich schon oft gehört.»

«Sind denn Ihrer Meinung nach hoch gesteckte Ziele und der Hunger nach Erfolg das Böse? Das Böse gibt es nicht. Was es jedoch sehr wohl gibt, das ist der Kontext, in dem man handelt. Nur diesen Kontext kann man unterschiedlich bewerten, nicht jedoch die Taten, die wir begehen. All das, was Ihnen nützt und was Sie bestärkt, das ist das Gute.»

«Wen haben Sie eigentlich schon alles besucht?», fragte Grzegorz vorsichtig.

«Alle. Alle ohne Ausnahme, denn nur mit meiner Hilfe war es ihnen möglich zu erreichen, was sie erreicht haben.

«Waren Sie auch bei Josef Conrad?»

«Ja.»

«Und bei den Beatles?»

«Bei den Beatles, bei Jim Morrison, bei Knopfler ...»

«Auch bei Laurel und Hardy?»

«Auch bei denen. Und bei Greta Garbo, bei Elizabeth Taylor und Sylvester Stallone.»

«Bei Mickiewicz?»

«Jahrelang habe ich versucht das Feuer in Gang zu bringen, das er selber in sich erstickt hatte. Dabei hat er sich die Pfoten verbrannt. Goethe übrigens auch.»

«Und bei Miłosz? Waren Sie auch bei dem?»

«Lassen wir das. Sie werden bald wieder gesund sein, es ist nichts Schlimmes. Die Dinge werden die Wendung nehmen, die Sie ihnen geben werden. Ich werde ein Auge auf Sie haben, Sie müssen einfach nur loyal wie bisher bleiben. So wie in den letzten paar Tagen.»

Die Gestalt an seinem Bett begann zu flackern, verlor die Konturen und wurde wieder deutlich, schließlich verschwand sie ganz. Grzegorzs Gesicht und Hände brannten fiebrig, der Kopfschmerz vermischte sich mit den eingebildeten Polizeisirenen, mit dem Geräusch von Schritten und Stimmengewirr. Nur manchmal spürte er eine flüchtige, angenehm kühle Berührung an seiner Stirn, die ihm einen Moment der Linderung verschaffte. Er wachte mit einem Stechen in der Brust und einer Zunge wie aus Holz auf. Das war nicht der Unbekannte, der da neben ihm saß, das war seine Mutter, eine Hand hatte sie auf den Stock gestützt, mit der anderen berührte sie von Zeit zu Zeit seine Stirn. Sie tauchte ein weißes Handtuch in ein Becken und legte ihm eine Kompresse auf die glühende Stirn.

«Mama? Wer war das eben?»

«Du bist sehr krank, mein Kleiner. Das bin ich. Die ganze Nacht sitze ich schon hier. Du bist so lange nicht aus der Arbeit zurückgekommen. Dein Vater und ich, wir haben ja gewusst, dass dabei was Schlimmes herauskommt.»

«Mama, war ein Arzt da?», fragte er, kaum bei Sinnen.

«Um acht kommt Doktor Lewandowski, du weißt schon, der mir die Bestrahlungen verschrieben hat. Vierzig Grad Fieber hast du!»

Das Fieber fiel schnell wieder. Am dritten Tag stand er auf und ging ins Geschäft, wo er Orangensaft und Zeitungen kaufte. Vor dem Haus traf er die Nachbarin, Frau Hościelowiczowa.

«Na, sind Sie wieder auf den Beinen? Ich habe gehört, dass Sie schwer krank waren. Damals in der Nacht habe ich gesehen, wie der Rettungswagen zu ihnen gekommen ist. Ich habe schon gedacht, dass etwas mit Ihrem Vater oder Ihrer Mutter los ist.»

«Aber woher! Es war nur eine gewöhnliche Erkältung, gerade habe ich Saft gekauft. Ein Rettungswagen? Nicht dass ich wüsste.»

«Na, ich werde wohl schon alt», seufzte sie. «Die ganze Nacht habe ich nicht schlafen können. Ich habe durchs Fenster geschaut und gesehen, wie jemand aus Ihrer Tür herauskommt.»

Der Frühling kam in diesem Jahr spät, nämlich erst Ende April – dafür gleich mit voller Wucht. Der Schnee war zu einer schwärzlichen Kruste geworden, die langsam weich wurde und mit einem stillen Gluckern in der Gosse versickerte. Die Sonne wärmte, trocknete den Schlamm zwischen den Wohnblöcken und in der Luft hing der süßliche Geruch der Hundescheiße, die sich in den Wintermonaten angesammelt hatte und die nun alle Rasenflächen fast lückenlos bedeckte.

Burdecki hatte in dieser Zeit zwei Mal angerufen. Beim ersten Mal hatte er Grzegorz Bescheid gegeben, dass sein Buch bereits in

Arbeit sei und dass er, Burdecki, die Korrekturen selbst übernommen habe. Weiters fragte er, ob Grzegorz nicht noch etwas ändern oder hinzufügen wollte. Der zweite Anruf hatte Grzegorz wohl darüber informieren sollen, dass Schwierigkeiten bei der Finanzierung aufgetaucht waren. «Wenn wir es bis Juni nicht schaffen, dann eben im September», sagte Burdecki. «Es hat keinen Zweck, im Sommer ein Buch herauszubringen. Keine Sorge! Wir bleiben in Verbindung!»

An einem Freitag hatte sich Grzegorz mit dem Dichter Wiesiek Turła verabredet. Vorher ging er noch in ein großes Lebensmittelgeschäft, einen wellblechverkleideten Bau von DDR-Zuschnitt, auf dessen gelbliche Frontseite jemand gleich neben die Auslage ein menschenähnliches Monstrum mit Irokesenfrisur gesprayt hatte. Aus dem weit aufgerissenen Maul des Ungeheuers ergoss sich ein dichter Schwall seines Mageninhalts, darunter stand geschrieben: «Armes Schwein!»

In der Alkoholabteilung stand er gleich hinter einem Mann mit Vogelgesicht, der trotz des warmen Wetters eine Lammfellmütze trug. Dieser Mann trat von einem Bein aufs andere, sein Blick glitt dabei über die Regale. Die intensive Muskelarbeit von Backen, Nase und Kinn verriet, dass er angestrengt nachdachte. Schließlich winkte er demonstrativ mit der Hand, wandte sich Grzegorz mit einem Ausdruck der Zusammengehörigkeit in der Not zu und verlangte mit der Stimme eines armen Opfers in auswegloser Lage:

«Ähm, geben Sie mir zwei Flaschen Urbany!»

Hat schon einmal jemand das soziologische Phänomen des Wodka NIE zu ergründen versucht? Deine Sauferei, Mann, das bedeutet heute keine moralische Degradation mehr, wie etwa zu Zeiten des Kommunismus; es ist nicht mehr nur das jammervolle Zusammenbrechen im Dreck der Gosse auf der Suche nach dem Heimweg und dann das jammervolle Kotzen von Bałtycki-Wodka vermischt mit halbfermentierter Mortadella und Tomatensalat, wobei du den ganzen Wohnblock um halb drei in der Früh aufweckst. Heute ist es eine Art heroischer Protest gegen das grausame Schicksal, das uns das internationale Kapital im Verein mit dem vaterländischen Klerus beschert hat. Es ist das gerechtfertigte eigene Desperatsein, Ausdruck des Sichauflehnens, Manifestation der eigenen Unabhängigkeit von der McDonalds-Einheitspampe und von den die Stadt verunstaltenden Reklametafeln, von Pampers, Gillettes und dem ganzen importierten Plunder. Es ist die Flucht in die Freiheit, in die weiten Steppen, in die sensible, slawische Seele, die mit spiritusgetränkter Melancholie und dem Aroma eingelegter Gurken durchdrungen ist. Es ist diese verzweifelte Traulichkeit, um die du jetzt mit vollem Einsatz kämpfen musst, die im Gekeife der Nachbarn im Stiegenhaus lebendig ist, die mit dem eigenem Fett gesättigt ist und die vor der Glotze, wo alles so heimelig und wohl bekannt ist, von der Ausschweifung träumt. Schließlich ist es auch der Widerstand gegen die Willkür der miesen Schreiberlinge, welche die Errungenschaften von Generationen in den Schmutz ziehen, es ist der schwankende, durch simples Schlucken errichtete Schutzwall gegen den Vormarsch der Einfaltspinsel und der unersättlichen Privatiers, die uns armen, nicht immer ganz sauber gewaschenen, gewöhnlichen Sterblichen nichts, aber auch gar nichts schenken …

Deshalb, lieber Mann, der du vom Geschäft mit zwei leise klirrenden NIE-Wodkaflaschen in der Plastiktüte zurückkommst, wird der Schwiegervater dir auch nicht zuallererst eine Szene wegen des abgebrochenen Riegels am Gartentor machen, deshalb drehen sich deine Gedanken auch nicht mehr vorwiegend darum, woher du eine neue Klospülung oder eine neue Fahrradkette kriegen kannst und wie du dich elegant ein paar Tage vor der Arbeit, falls du noch eine hast, drücken kannst. Natürlich bist du keiner von den bedauernswerten Säufern, diesen abstoßenden Schwadroneuren, die beim Schwiegervater primitive Spöttelei und bei der Frau leicht angewiderte Resignation hervorrufen. Du bist ein Revolutionär, der mit einer keinen Widerspruch duldenden Geste gleichzeitig die Flasche entkorkt und die Welt aus den Angeln hebt!

Wiesiek Turło wohnte nicht weit vom Bahnhof in einem dieser alten Backsteinbauten, die an die Architektur schlesischer Einfamilienhäuser erinnerten. Er war gerade dabei, seine Blumenkästen zu reparieren.

«Was treibt denn dich zu mir – am helllichten Tag und dann noch mit Wodka?»

«Kann sein, dass ich was auf dem Herzen habe.»

«Wenn 's nur keine Erinnerungen an früher sind! Und keine Politik. Wie du weißt, habe ich bereits ein Magengeschwür!»

Sie gingen ins Wohnzimmer, das voll gestopft mit deutschen Möbeln war, die der Herr des Hauses einst gekauft hatte, bevor sie noch zu Kultobjekten geworden waren. Im Nachbarzimmer hatte sich seine halbwüchsige Tochter mit ihrem Freund eingeschlossen, seine Frau hatte noch Dienst im Spital.

«Der ideale Seelentröster», verkündete Wiesiek und stellte eine Flasche mit einer rubinrot funkelnden Flüssigkeit auf den Tisch. «Aus Weichseln, Vogelbeeren und Engelswurz. Mein Großvater und mein Urgroßvater haben das Zeug noch nach demselben Rezept angesetzt.»

Das Getränk wirkte sanft wärmend und entspannend.

«Was glaubst du, kann man irgendetwas dazu beitragen, damit man ein hervorragender Mensch wird?» Grzegorz stellte sein Glas auf das dunkel angelaufene Silbertablett mit dem Elefanten drauf.

«Mit was für einem Bockmist du wieder daherkommst! Natürlich muss man dazu geboren sein und außerdem braucht man noch ein mordsmäßiges Glück. Das Leben ist eine Lotterie, eine Reihe von Zufällen, sonst nichts. Aber wir sind ja schon ein bisschen jenseits von allem …» Wiesiek strich sich eine graue Haarsträhne aus dem Gesicht.

«Das heißt also, man soll sich in das Schicksal fügen, das ein anderer für uns bestimmt hat, und abwarten, ob dieses es zufällig gut mit uns meint? Um nichts kämpfen, nicht versuchen, aus eigenem Willen eine Änderung zu erreichen?»

«Was sind denn das für Themen, Mann? Hör auf, mich mit so was zu belämmern! Sollen wir uns nicht lieber einen ordentlichen Porno anschauen?» Wiesiek zog eine Kommodenschublade auf und fischte unter einem Stapel Hemden eine Kassette heraus.

«Für mich ist das Leben eine Aneinanderreihung von logischen Begebenheiten, so wie Bausteine, von denen einer genau an den anderen passt. Aber du selber musst sie nebeneinander anordnen. Die Kraft dazu musst du selber aufbringen. Alles hängt von dir alleine ab.»

«Also für mich ist das Leben so etwas wie die Milchstraße ...»

«Du glaubst also weder an irgendeine Vorherbestimmung, noch daran, dass man mit eigener Kraft hervorragende Leistungen aus sich herausholen kann?»

«Mama mia! Da hast du wohl gerade eine aus dir herausgeholt? Hast du schon auf dem Weg hierher was getrunken?» Wiesiek wurde ernst: «Nein, ich glaube an keine Vorherbestimmung, ich finde hier übrigens auch nicht die richtigen Bedingungen für so einen Glauben vor. Was es wirklich gibt, das sind doch lediglich Verflechtungen von Ereignissen, Reaktionen und Worten, die jemand in die Zeit geschüttet hat – wie einen Sack voll Sand in einen Fluss. Was soll man da noch groß über irgendwelche Kräfte schwafeln oder über irgendwelche Möglichkeiten, sich selbst und alles andere zu steuern.»

Grzegorz erinnerte sich an diese unbegreifliche Nacht im Fieber, er wollte Wiesiek von seinem Roman erzählen und von all dem, was er in letzter Zeit erlebt hatte, aber er biss sich auf die Zunge. Da Wiesieks Tochter samt Freund verschwunden war, legten sie das Video ein und Grzegorz ließ gelangweilt das blassrosa Gewusel auf dem Bildschirm über sich ergehen. Dabei assoziierte er abwechselnd Tätigkeiten wie Hühnchen ausweiden oder ein Fahrrad aufpumpen.

«Als ich jung war», begann er wieder und schraubte den Deckel von der Flasche, die er mitgebracht hatte, «habe ich mir immer vorgestellt, dass meine Zukunft so aussehen wird, wie in bestimmten Liedern. Eine tolle Frau, schön und klug, ein Haus auf dem Land, Eltern, die in Würde und Schönheit alt werden. Dass ich nicht lache! Wenn ich mir anschaue, wie ich heute dastehe, dann muss ich einsehen, dass ich nie wirklich etwas dagegen tun hätte können, dass ich in keinem Moment auch nur irgendeinen Einfluss auf die Dinge hatte. Das einzige Objekt, das ich formen kann, wenn ich mich anstrenge, das bin ich selbst.»

«Also ist es nicht die Welt, die so hoffnungslos ist, sondern wir selber sind es!» Wiesieks Stimme klang bereits etwas verschwommen.

Der Kuckuck schlug bereits Mitternacht, als Grzegorz sich auf den Heimweg machen wollte. Wiesiek schlug vor, ihn zu begleiten, und so gingen sie beide die dunkle Straße entlang. Die Frühlingsnacht hatte ihre volle Schönheit entfaltet. Durch das Gestrüpp der verwahrlosten Vorgärten sah man die Glut von unzähligen Zigaretten glimmen, die Luft war erfüllt von Pfiffen und kehligen Zurufen, von allen Seiten hörte man das Klirren aneinander stoßender Gläser. Vor einem auch nachts geöffneten Geschäft flegelte eine Gruppe Jugendlicher auf dem Gehsteig herum, eine Flasche zuckriger Fruchtwein ging herum.

«Ich sage dir», Wiesiek hatte sich bei Grzegorz eingehängt und setzte seine Ausführungen fort, «sogar die große Kunst ist ein Spiel des Zufalls. Man kann sich nicht einfach sagen, ich werde jetzt ein großer Komponist oder ich werde ein großer Denker, eine Autorität auf diesem oder jenem Gebiet, und dann planmäßig berühmt werden. Das hat mich schon immer stark beschäftigt: Wie viele unentdeckte hervorragende Künstler gibt es doch, wie viele großartige Gedichte wurden schon geschrieben, die jetzt irgendwo vergammeln und nie das Licht der Welt erblickt haben.

Weißt du was? Komm, wir gehen noch ein Bier trinken! Mach schon, Mann, sei kein Frosch!»

In einem großen Kiosk brannte noch Licht. Wiesiek schlich auf wackeligen Beinen um ihn herum und linste zwischen den Spalten des Roll-Ladens durch.

«He, Frau Kamila! Aufmachen, ich bin 's, Turło!»

Sie gingen hinein, die Besitzerin, eine Bekannte von Wiesiek, wartete noch auf eine Lieferung, die ihr jemand in der Nacht bringen sollte.

«Zweimal dab!»

«Hab ich keins.»

«Wie denn das? Kein deutsches Bier? Siehst du, Mann, so sieht er in Wirklichkeit aus, unser Europabeitritt. Treten wir Europa nun bei? Ja oder nein? Was sagen Sie, Frau Kamila?» Betrunken wie er war, ließ er nicht locker.

«Europa kann mich mal.»

«So ist es! Zum Teufel mit dem Beitritt! Wir haben auch unsere Ehre!»

Sie mussten also mit polnischem Bier vorlieb nehmen. Als sie den Kiosk verließen, setzte sich Wiesiek auf den Randstein.

«Hier kann man also die praktischen Folgen unserer Regierungsphilosophie sehen. Man schiebt dem Land den Riegel vor, wie einem Kuhstall, und postiert sich dann mit einem Knüppel in der Hand davor – damit nur ja kein fremdes Rindvieh einen Grashalm vom eigenen Futter abkriegt!» Er brüllte so, dass man ihn auf der ganzen Straße hören konnte. Dann verstummte er plötzlich und schlug mit ernster Miene vor: «Los, Mann, wir gehen noch ins Puff!»

«Du gehst besser nach Hause. Für heute reicht es wohl.»

«Och, komm schon, es ist nicht weit, wir können ja nur mal schauen! Mir ist gerade eingefallen, dass ich da noch so eine, so eine kleine Angelegenheit zu regeln habe.»

Wohl oder übel ging Grzegorz also mit, dabei hoffte er stark, dass Wiesiek auf dem Weg wieder zu sich käme oder zumindest seine Absicht änderte. Sie wankten durch dunkle Vorgärten, wobei sie dauernd über irgendetwas stolperten, an Wäscheleinen hängen blieben, desolate Maschendrahteinzäunungen knirschend zertrampelten, bis sie schließlich vor einem weißen Haus stehen blieben, auf dem eine riesige, bunt flackernde Leuchtreklame prangte: Cleo-Leo. Paradise Area.

Der Türsteher, der ihnen den Weg in die eher kleine, in Himmelblau gehaltene Eingangshalle freigab, ließ bei seiner Begrüßung den einem geschätzten Kunden gegenüber notwendigen Respekt vermissen:

«Was machst du denn hier, Alter?», platzte er laut lachend heraus, als er den schwankenden Wiesiek erkannt hatte. «Und der da?», er zeigte auf Grzegorz. «Sieht aus, als ob er besser im Beichtstuhl aufgehoben wäre!»

«Was? Ich ein Alter? Ein Alter, ich?», entrüstete sich Wiesiek und fuchtelte mit den Armen.

«Lass sie rein, Zibi!», ließ sich der zweite Türsteher vernehmen. Er hatte nicht nur eine Pistole am Halfter baumeln, sondern auch ein Funkgerät mit einer beängstigend langen Antenne, dazu ein paar Handschellen.

«Heute ist sowieso nichts los. Das sind harmlose Trottel. Wetten, die hauen auch bald wieder ab?»

Wiesiek bestellte zwei Gordon's mit Grapefruitsaft und ein deutsches Bier, das er in einer Reihe von Flaschen entdeckt hatte. Es sah hier drinnen eher wie in einer Diskothek als wie in einem Bordell aus. Neben der Bar war ein Tanzsaal mit einer riesigen, rotierenden, verspiegelten Kugel an der Decke. Die kleinen Lichtreflexe, die von ihr ausgingen, tanzten an den Wänden. Ein paar eng umschlungene Paare schoben sich zu Technoklängen herum.

Einer der Gorillas hatte sich hinter Grzegorzs Barhocker gestellt und fragte mit halblauter Stimme:

«Und der werte Herr? In die Peepshow oder nach oben – aufs Zimmer?» Er zeigte auf eine geschwungene Treppe, die sich in geheimnisvollem Dämmer verlor.

«Vielleicht in die Peepshow.» Grzegorz grinste blöde.

«Ich zahle!», versicherte Wiesiek lauthals.

«Dann ab in die Kabine! Beverly!», brüllte der Gorilla in Richtung Hintereingang.

Plötzlich befand sich Grzegorz in einer Art Telefonzelle, vor sich eine gläserne Wand, die von der anderen Seite mit einem dunkelroten Vorhang bedeckt war. Unterdessen gestand Wiesiek dem Mädchen hinter der Bar mit verführerischer Miene:

«Gleich als ich Sie das erste Mal gesehen habe, ist mir klar geworden, dass das Leben nicht mehr lebenswert ist!»

Eine Hand mit langen, blutrot lackierten Nägeln zog plötzlich den Vorhang beiseite, dahinter war Beverly, eine große Blondine, erschienen. Sie trug ein enges Oberteil aus glänzendem Skaj und einen ebensolchen Minirock. Ihre knallroten Stöckelschuhe sahen halsbrecherisch aus. Im Hintergrund blinkten zwei Glühbirnen, orange und blau.

«Wenn du willst, helfe ich dir beim Hoseaufknöpfen, willst du?», flüsterte sie zärtlich mit einem unüberhörbaren russischen Akzent in den Spalt des halb offenen Schiebefensters. Dann ging sie zu einem Tischchen, auf dem ein Tonbandgerät stand, drückte eine Taste und sobald Musik einsetzte, begann sie mit den Hüften zu kreisen – immer mit einem Auge auf dem Kabel, damit sich ihre Absätze nicht darin verhedderten. Jemand sang zu einer schmalztriefenden Musik:

O-la Amigo-o-o-o,
O-la Amigo-ho-ho-ho,
Worte sind oft Lügen,
das weißt du gut,
doch was dein Körper sagt,
tut weh
tut we-e-eh!

Grzegorz schaute zu, wie die Frau langsam einige Knöpfe ihres Oberteils aufknöpfte. In ihrem Tanz war kein Funke Leidenschaft, es war nur ein gewöhnliches Spiel der Formen, drückte nichts aus und versetzte niemanden in einen anderen Zustand. Plötzlich wurde ihm klar, dass ihn das hier alles überhaupt nicht interessierte, dass es ihn langweilte und ihm auf die Nerven ging. Was für eine absurde Situation! Was hat Wiesiek mir da wieder eingebrockt! Das hier war einfach abgeschmackt, Leidenschaft und Erregung gehören doch wohl kaum zu den Dingen dieser Welt, die man mit bloßem Hinschauen auslösen konnte.

Vom schmalen Korridor drang plötzlich ein Fluchen und das Geräusch von Schritten zu ihm. Grzegorz machte eine ungeschickte Verbeugung, sagte gute Nacht und verließ rasch die Kabine.

Die beiden Türsteher zerrten Wiesiek gerade in die Halle, sie hatten ihm die Arme auf den Rücken gedreht, damit er sich nicht losreißen konnte, und trieben ihn mit Tritten voran. Sein Pullover sah nass aus und auch seine Jacke war mit irgendetwas bekleckert.

«Erst hat er sein Glas kaputt gemacht und sich vollgesaut, dann wollte er sich an Monika heranmachen und hat von ihr eins auf den Birne gekriegt», ächzte der eine.

Sie bugsierten ihn nach draußen, wo er sich auf die Treppe setzte. Er war nun vollkommen betrunken, rülpste und spuckte vor seine Füße. Grzegorz stand schweigend daneben. Endlich fing er an:

«Du bist eine absolute Null! Leer und aufgeblasen wie ein Ballon – und drinnen nichts als schlechte Luft.»

Wiesiek hob den Kopf.

«Und du bist frustriert.» Er zog die Vokale in die Länge. «Das, worüber du immer nachgrübelst, ob du alles in den Griff kriegen kannst, damit machst du dich doch lächerlich. Wirst dann schon irgendwann mal sehen, wer du bist. Weißt du, wer du bist? Du bist ein Held unserer Zeit! Weißt du aber, wie ein Held unserer Zeit, agieren muss? Im Verborgenen. Kapito? Im Ver-bor-ge-nen!»

Er stand auf und ging schwankend, ohne sich zu verabschieden über den Gehsteig. Dabei taumelte er von einer Seite auf die andere.

«Überall sehe ich, dass ich nichts sehe! Nebel sehe ich», erklärte er im Fortgehen.

Das Haus, das Grażyna, die von der Kasse, von ihrem Onkel geerbt hatte, stand weit hinter dem Geschäft und der Kirche, ganz am Ende eines lang gezogenen Dorfes, das sich an das Ufer eines ausgedehnten, sanft in die Landschaft eingefügten Sees anschmiegte. Es war eine Datscha im alten Stil, aus dunklen, etwas abgenutzten, nach Teer riechenden Balken gebaut. Sie bot keinerlei Komfort, war wohl einfach eine Unterkunft für die Fischer gewesen und vor zwanzig Jahren hatte der Onkel, Oberst der Bürgermiliz, hier sicher mit seinen Kumpeln vor dem offenen, aus Feldsteinen gemauerten Kamin seinen wohl verdienten Samstagsschnaps getrunken.

Sie waren morgens angekommen und das Gras glitzerte noch feucht von Regen oder Tau. Elwira sprang aus dem Auto und lief auf den kleinen, morschen und ein bisschen wackeligen Steg, um ihre Hände ins Wasser zu tauchen. Der See glänzte in der Sonne, das von einer schwachen Brise leicht gekräuselte Wasser wischte mit einem Streich den ganzen städtischen Mief aus ihren Köpfen. Inzwischen räumte Grzegorz den randvollen Kofferraum des Trabant leer.

«Willst du nicht was essen? Ich habe kaltes Huhn, Koteletts, Rindsrouladen, Landjäger …»

Zuerst machten sie aber einen Spaziergang. Ein Feldweg führte sie zwischen weiß getünchten Häusern mit schwedischen Dächern und hölzernen, über den Eingängen montierten Wagenrädern, hindurch. Am Wegrand standen junge Parasolpilze, ihre Kappen waren noch geschlossen. Der Weg bog in einen Wald ab, in dem es bereits stark nach Frühsommer roch, und führte sie auf eine ausgedehnte Landzunge. Hier summte es im Gras und durch die Kronen der dicht am Wasser stehenden Erlen schimmerte die glitzernde Weite des Sees bis hin zur dunstigen Baumgrenze am anderen Ufer.

«Warum ist es uns jahrelang nicht eingefallen, dass man gar nicht so weit fahren muss, um irgendwo hin zu kommen, wo es schön ist! Immer nur die Arbeit, die Schufterei im Kopf, Herrgott nochmal, den Chef, das Geld und dann noch die Beschwerden aus der Schule …»

Grzegorz sagte nichts, so sehr es ihn auch deprimierte, dass Elwira immer wieder mit diesen Binsenweisheiten anfing. Er sah keine Möglichkeit, ihre Gedanken von diesen alltäglichen, konkreten Dingen, aus denen ihr Leben bestand, abzuwenden oder sie gar aus ihrer Situation zu befreien, die aus den ihr vom Schicksal aufgezwungenen Gegebenheiten zu bestehen schien. Es war egal, wovon man gerade sprach, ob über Politik oder Filme oder ob sie alte Erinnerungen hervorkramten, unweigerlich kam sie immer wieder auf Damian, die Wäsche oder die niedrigen Alimente zu sprechen. Wenn er doch nur einmal mit Teska so eine kleine Reise unternehmen könnte! Obwohl Teska wiederum sicher bald von den Preisen anfangen würde oder davon, wie und wo man billig einkaufen und mit Gewinn weiterverkaufen konnte.

Der Wind war böig und die Sonne verschwand immer wieder hinter den Wolken. Trotzdem hatten sie sich draußen vor das Haus gesetzt, tranken abwechselnd Tee und Kaffee und Elwira brachte immer neue Sachen zu essen. Im Radio kamen Nachrichten über die Wahlen in Russland und über die immer besseren Chancen für Jelzin.

«Hier könnte ich es ewig aushalten. Nur den Himmel, den See oder die Bäume anschauen. Da gibt 's nichts, die Welt ist schön, man muss bloß den geeigneten Ort finden, von wo aus man sie betrachtet.»

«Geh, wenn man nur immer die Zeit hätte. Es ist zwar sehr schön hier, aber ich würde nicht hierherziehen wollen. So ein Häuschen, klar, das ist was Feines, aber nur im Sommer. Sonst muss man den Ofen heizen, vom See her wird es kalt rüberziehen, da kriegt man womöglich noch Rheuma. Und dann noch jeden Tag in die Arbeit fahren … Allerdings, wenn ich sehr reich wäre …»

Gegen Abend kauften sie ein paar Flaschen Bier. Grzegorz schleppte Brennholz an, zerschlug einen dicken Klotz und schichtete alles aufeinander. Es wollte erst nicht so recht brennen, aber nach vielen Versuchen züngelte endlich ein kleines Flämmchen und erfasste langsam laut knisternd den ganzen Stoß, wobei ein beißender Rauch sie zunächst in alle Windrichtungen flüchten ließ.

«Das letzte Mal, dass ich eine ganze Nacht an so einem Lagerfeuer gesessen bin, das war, als ich noch auf die Handelsschule gegangen bin, da habe ich an so einem Treffen mit andern Gymnasiasten teilgenommen. Das war glaube ich in Miłuki, oder doch nicht? Ach egal, jetzt ist es viel schöner.»

«Eigentlich sind wir dazu verurteilt jung zu bleiben. Wir sind vierzigjährige Kinder. Und wir können nicht in Ruhe ein mittleres Alter erreichen. Wie soll das erst werden, wenn wir wirklich alt sind … Wenn wir verblödet und nicht mehr ganz auf dem Laufenden sind. Wenn wir schon nicht mehr das, was war, von dem, was ist, unterscheiden können. Wir werden Musik von damals anhören, weiterhin in Gedanken immer noch in den guten, alten siebziger Jahren leben, manche von uns werden sich sogar extra noch bemühen, anders auszusehen, obwohl das eigentlich die Zeit mit ihren *special effects* von selber mit sich bringt. Aber kann man uns jetzt schon als ältere Semester bezeichnen? Eigentlich doch noch nicht, die Jugend lebt ja genauso wie wir. Bob Dylan gehört den Jungen genauso wie uns.»

«Ich fühle mich noch gar nicht alt. Oft vergesse ich sogar, wie alt ich genau bin.»

Elwira schaute ins Feuer, stocherte mit einem Stock ein bisschen darin herum und schob einige orange brennende Kiefernäste weiter hinein. Es war ganz dunkel geworden. Wenn man die Augen vom Feuer abwandte, sah man nur noch ein schwaches Leuchten über dem See. Elwira schmiegte sich fest an seinen Arm.

«Du, wenn ich dir jetzt sage, dass ich dich liebe, ist das dann …, wirst du das dann albern finden?»

Er rührte sich nicht, nahm einen Schluck Bier und schwieg.

«Also, Liebe, ich weiß nicht recht … Ich glaube, dass du Damian liebst und deinen Mann, der sich abgeseilt hat. Und ich, na, ich besuche dich doch nur ab und zu. Kann man da gleich von Liebe sprechen, so wie die Teenies beim Trampen?»

«Gerade eben hast du noch ganz anders geredet. Aber stimmt genau, so ist es: Du kommst immer nur zu Besuch. Ja und, verdammt, so kann es doch nicht bleiben, wie lange soll denn das noch so weiter gehen? Eigentlich könnten wir genauso gut heiraten, hm?»

Grzegorz fischte ein in Folie gewickeltes Stück Wurst aus dem Feuer, wickelte es umständlich aus, verbrannte sich die Finger und begann langsam zu essen, wobei er es vermied, Elwira anzuschauen. Er starrte ins Feuer.

«Ich weiß nicht, was ich sagen soll», stieß er endlich hervor. «Du hast mich überrumpelt.»

«Ach du, tu doch nicht so!» Zwischen den ein wenig zu stark getuschten Wimpern blitzte es heiß und voller Entschlossenheit. «Ich habe mir das alles schon mal durchgedacht. Deine Eltern ziehen in meine Wohnung. Da brauchen sie keinen Ofen zu heizen, warmes Wasser gibt es sowieso und in der Bude ist ja fast mehr Platz als zwei Leute brauchen. Und wir können bei euch wohnen, erst wird das Haus noch renoviert. Verdammt, wir könnten ja doch auch noch Kinder kriegen, oder etwa nicht? Wir schmeißen einfach beide unsere Arbeit hin. Ich habe nämlich eine Idee, die wird dich umhauen: Izka, meine alte Schulkameradin, du weißt schon welche, die fährt endlich zu ihrem Alten nach Australien und hinterlässt einen Gemüsestand am Bahnhof. Die würden ihr einen Haufen Geld dafür geben, aber sie hat versprochen, dass sie uns den Laden verpachtet. Wir müssten nur ihrer Mutter was zahlen, und wenn sie in ein paar Jahren zurück kommt, dann sehen wir weiter. Weißt du, verdammt noch mal, was das heißt? Das wird unser Leben umkrempeln, wir müssten uns aber auch ein bisschen da hineinhängen.»

Grzegorz antwortete nicht. Inzwischen war es schon spät und kühl geworden. Die Nacht ließ in beiden ein unerwartet zärtliches Verlangen entstehen. Inmitten des raschelnden Grases und des leisen Plätscherns des Wassers vergaßen sie die ganze Welt, sie lagen einfach nur da, wie ein Liebespaar im Film, und lauschten auf die im Wind ächzenden Dachsparren.

Später konnte Grzegorz jedoch nicht einschlafen. Das Bett war unbequem, das glatte Material des Schlafsacks fühlte sich unangenehm an. Er dachte an sein Buch und an Karkowski, der sicher inzwischen bereits in der Stadt war.

«Ich weiß nicht, wie du dir das vorstellst», sagte er beim Frühstück mit vollen Backen kauend. «Man kann die Alten doch nicht einfach aus ihrem Haus vertreiben. Und überhaupt: Ich kann mir so ein Leben wohl nicht erlauben. Nicht nur, weil ich es für eine Schweinerei halte. Verstehst du das? Ach, du verstehst es wohl nicht … Sicher wird sich wieder dieser Ekel einstellen, der dann mit jedem Tag größer werden wird. Der Ekel vor der Arbeit, vor den Leuten, auch vor mir selbst … Wenn es mir derartig graust, dann verblöde ich langsam, das ist heimtückisch und davor habe ich auch Angst. Ich fahre jetzt für zwei, drei Stunden nach Hause.»

«Was, nach Hause? Wieso denn das? Das habe ich ja gar nicht gewusst!»

«Ich muss aber.»

«Tja, dann musst du wohl, du Ärmster.»

Als er daheim angekommen war, breitete er die Dokumente aus dem Archiv vor sich aus. Zwölftausend Mark. Am vierten Juli. Wahrscheinlich wartet Karkowski bereits, ich bräuchte ihn nur anzurufen. In zwei, drei Tagen könnte ich schon mit einem normalen Auto herumfahren, vielleicht mit keinem neuen, aber mit einem normalen. Zum Henker mit allen Autos! Ich könnte endlich einmal so etwas haben, wie andere Leute auch … Er schaute auf die großen, mit verblichener Schrift bedeckten Papierbögen. Und was wäre der Preis, den ich dafür zahlen müsste? Angst. Ich würde nie mehr unbefangen in diesem Archiv tätig sein können. Ich würde um das bewusste Regal und um die Akte 1004 herumschleichen und dauernd zittern, dass es nur ja niemandem einfällt, einmal in diese Akte hineinzuschauen. Auch wenn es offensichtlich ist, dass kein Mensch daran denken wird, werde ich mir doch immer vorstellen, dass alle pausenlos daran denken, und ich werde in ihren Augen nach Anzeichen dafür suchen. Kann man in so einer Situation überhaupt noch ruhig an irgendetwas anderes denken? Außer ich würde mich wirklich darauf verlegen, Rüben zu verladen und Gemüsekisten zu stapeln. Und der von damals, der wird mich einfach an der Hand nehmen, aber wenn es so einfach wäre, wieso ist das für mich so ein Dilemma? Wer ist das denn überhaupt, dass er über mich bestimmen will?

Er dachte nicht länger nach, schnappte sich alle Papiere und fuhr in die Arbeit. Unter dem Vorwand, dass er eine Versicherungspolizze für eine Urlaubsreise abstempeln müsse, betrat er das Archiv. Er wartete den passenden Moment ab und steckte alle Dokumente zurück in die Akte. Die Akte stellte er wieder an ihren Platz. Er war selbst verwundert, wie schnell das ging und wie wenig Nerven es ihn kostete.

«Ruhe in Frieden», murmelte er.

Er verließ das Archiv und seufzte tief über sein Schicksal. Gleich darauf fuhr er zurück nach Płuski.

In diesem Sommer verreiste er nicht mehr. Selten verließ er sein Haus, nur einmal war er bei Teska zum Abendessen. Seine Zeit verbrachte er hauptsächlich mit Musikhören und dem Lesen von Zeitungen, die er an den sonnigen Morgen zusammen mit den Brötchen aus dem Geschäft mitbrachte. Die Welt ließ ihn in Ruhe, niemand rief an, niemand wollte etwas von ihm. Die langen, warmen, ruhigen Tage, an denen er mit niemandem sprechen musste, begannen mit dem Zwitschern der

Vögel und endeten mit dem Spektakel des sich purpurn verfärbenden Himmelblaus hinter der scharfen Silhouette der Kirche.

Gegen Ende seines Urlaubs ging er einmal in die Stadt. Er streifte durch die Geschäfte, aß bei Pizza Hut eine Margherita und schaute in die Buchhandlung. Hier wühlte er in Warentischen mit CDs und warf einen Blick auf eine Reihe von aberwitzig teuren Bildbänden. Als er gerade ein Buch mit hervorragenden Reproduktionen von Motorrad-Oldtimern durchsah und sich eben die technischen Daten genauer ansehen wollte, fiel sein Blick zufällig auf einen Stoß mit Neuerscheinungen. Dabei entdeckte er ein schmales Bändchen, auf dessen schwarzem Einband eine rote Haarlocke abgebildet war. Neugierig geworden legte er den Bildband weg, nahm das kleine Buch zur Hand und entzifferte die engstehenden, fein ziselierten Buchstaben des Titels: Marek Burdecki, *Rotes Haar nachts*, Warschau 1996, Verlag Slash.

Fiebrig blätterte er es durch, alles stimmte mit seinem Manuskript überein, jeder Absatz, jede Zeile, lediglich der Verlag war ein anderer. Einen Moment lang schien der Boden unter ihm nachzugeben, er schwankte. Aber der Moment war schnell vorüber.

Als wäre nichts gewesen gab die Kassiererin ungerührt einem Kunden das Wechselgeld, ein älterer Herr durchstöberte einen Stoß mit heeresgeschichtlichen Werken und zwei hübsche junge Mädchen, über einen Warentisch mit Ratgebern für Grünpflanzen gebeugt, sprachen leise miteinander. Von der Musikabteilung, in der ein langhaariger Jüngling in schwarzem T-Shirt mit großer Konzentration die Platten und Kassetten inspizierte, ließ sich der wehmütige Klagegesang einer Gitarre mit scheppernder

Schlagzeugbegleitung vernehmen. Die vergangenen Zivilisationen ließen grüßen.

Mit dem für neunzigtausend Złoty erstandenen Buch in einer knisternden Tüte ging Grzegorz wie ein Schlafwandler zu seinem Auto. Die unsinnigsten Gedanken rasten durch seinen Kopf, doch sie erloschen alle sofort wieder mit einem leisen Zischen, wie ins Wasser geworfene Streichhölzer. Einen Staatsanwalt verständigen. Wie konnte er nur, wie konnte er es nur wagen … weder ein Brief, noch eine Unterschrift, keine Spur eines Versuchs, mit mir Kontakt aufzunehmen … Ich habe noch das Manuskript. Ha, ich könnte etwas daraus basteln, der Titel ist schon auf dem Markt … Was hat er sich nur dabei gedacht, wie hat er das Ganze durchgezogen, dieser beschissene Wichser … Ach, die Geldscheine! Die Geldscheine mit seinen Fingerabdrücken und die Quittung! Ja, bloß dass er das Geld sofort auf sein Konto eingezahlt hatte und die Quittung bei Burdecki war. In Warschau anrufen oder am besten gleich hinfahren. Aber wozu? Wozu denn? Der würde ihn höchstens noch auslachen, wenn er überhaupt noch irgendwo ausfindig zu machen war. Was kann ich denn jetzt noch tun? Es gibt keinen einzigen Zeugen, niemanden …

Er wusste nicht wie, aber irgendwann war er auf dem vertrauten, mit Schlaglöchern übersäten Parkplatz angelangt. Trotz des kaputten Asphalts jagten ein paar Kinder auf ihren Inline-Skatern hier herum. Ein völlig kahl rasierter Zehnjähriger mit schwarzer Brille und roten Hosen, deren weite und knielange Hosenbeine wie zwei Lampenschirme um seine Beine schlotterten, rauschte in voller Fahrt auf Grzegorzs Trabant zu und fing den Aufprall mit beiden Händen ab. Grzegorz achtete gar nicht darauf.

Was habe ich nur falsch gemacht? Warum werde ich so bestraft? Oder ist das gar keine Strafe? Habe ich jemandes Vertrauen missbraucht? Und wenn ja, wessen Vertrauen? Habe ich denn nicht immer alles so gemacht, wie man soll?

Zwischen den vor dem Geschäft stehenden Männern und denen, die mit ihren Weinflaschen auf dem hölzernen Rand der Sandkiste neben den Mülleimern saßen, tauchte Felter auf. Er hatte ein bläulich verfärbtes Gesicht, sein Hemd war voller Fettflecken und er trug eine gänzlich zerschlissene Hose.

«Ach, Sie sind das! Wie läuft 's in der Philharmonie?»

«Danke, ich bin gerade beurlaubt – aus Gesundheitsgründen. Aber ich habe ein konkretes Anliegen, Herr Grzegorz, ich sag 's lieber direkt. Würden Sie vielleicht so nett sein und mir was dazuschießen – für einen halben Liter? Ich kann diesen grauenvollen Obstwein nicht mehr trinken, dieses eklige, süße Zeug.» Er krümmte sich und zeigte auf seinen Magen. «Mir wird sofort schlecht. Ich bin sehr krank.»

Grzegorz zog Hundertfünfzigtausend aus seiner Brieftasche und gab sie ihm, dabei sah er zur Seite.

«Nehmen Sie!»

«Herr Grzegorz», Felter griff nach dem Tragegurt von Grzegorzs Tasche, «vielleicht trinken wir die zusammen, was?»

«Ach nein. Nein. Nicht heute.»

«In dem Fall erlauben Sie, dass … hierher, kommen Sie! Ich wollte Ihnen doch noch was erzählen.» Er zog Grzegorz hinter eine Eisbude.

«Erinnern Sie sich noch, ich habe Ihnen einmal von Morrison erzählt? Also das war so», er senkte die Stimme. Ein süßlicher

Geruch von faulenden Äpfeln und Wodka entströmte seinem Mund. «Ich habe ihn nämlich später noch einmal getroffen.»

«Entschuldigen Sie, aber vielleicht ein andermal. Ich bin gerade etwas in Eile.» Grzegorz versuchte vorsichtig sich loszumachen.

«Nichts, sagen Sie gar nichts, hören Sie einfach zu! Ich habe ihn im einundsiebziger Jahr noch einmal gesehen, aber im September, zwei Monate nachdem er gestorben war. Hören Sie zu! Alles wegen Sidonsky, oder besser gesagt wegen seiner Frau, der Madame. Wie Sie ja wissen, bin ich nicht nur sein Student gewesen, sondern auch sein Sekretär und Chauffeur. Wir sind jedes Jahr in Urlaub gefahren. Der Alte hat dann ein großes, billiges Auto gemietet, um seinen Rolls zu schonen, den hat er in der Garage gelassen, und so sind wir dann gereist. Da könnte ich was erzählen! Italien, England … Er hat mich all den bekannten Musikern vorgestellt, die können Sie in jeder Enzyklopädie finden. Wissen Sie, er hat geglaubt, dass ich mal ein weltberühmter Geiger sein werde.» Er spuckte auf den aufgeplatzten Asphalt und zertrat die Spucke mit dem Schuh. «In dem Jahr sind wir nach Spanien gefahren, um das ganze Land herum. Es war, daran erinnere ich mich ganz genau, der elfte September, genau mittags, bei Aguillas, das ist in der Nähe von Cartagena. Das war noch Francos Spanien, ich kann Ihnen sagen, Einöde, Felsen, da gab es noch überhaupt keine Touristen, nicht so wie heute … Wir sind am Meer entlang gefahren, auf Seitenwegen, und plötzlich wollte Madame Sidonsky aufs Klo. Sollte ja eigentlich nichts dabei sein, aber eine elegante Dame wird sich doch nicht hinter irgendeinen Steinhaufen hocken. Im Rückspiegel habe ich gesehen, wie sie herumzappelt und pausenlos plappert: «Tun Sie etwas, so tun Sie doch etwas!» Der Alte saß neben ihr und hat sich ins Fäustchen gelacht. Er hat sich die Nase zugehalten und mit dem Finger auf die vereinzelten dürren Sträucher am Straßenrand gezeigt. Endlich, wie ein Zeichen, dass Gott sich erbarmt hat, habe ich einen Pfeil mit dem Hinweis auf irgendein Hotel gesehen, mir ist gar nicht aufgefallen, ob der durchgestrichen war oder nicht. Ich bin einfach abgebogen. Es war eine schlechte Straße aus flachen Steinen, aber bloß einen Kilometer lang. Das Hotel war ziemlich klein, aber supermodern, es stand direkt am steilen Ufer. Der Eingang war geschlossen. Da bin ich in den Hof gegangen: kein Mensch, alles leer, nur diese verdammte Hitze, auch nicht das leiseste bisschen Wind. Ich gehe weiter – und da habe ich ihn gesehen! An einem kleinen Tisch auf der Terrasse über dem Felsabhang! Genauso wie ich ihn in Paris gesehen habe! Er hat aufs Meer geschaut und eine Wassermelone gegessen, die hat er mit einem Messer klein geschnitten. Ganz einfach so! Unter einem Sonnenschirm mit Martini-Reklame. Vielleicht hätte ich ihn gar nicht sofort erkannt, wenn nicht derselbe riesenhafte Neger gewesen wäre. Der ist gleich auf mich zugesprungen und hat mich argwöhnisch angesehen. Dann kam noch ein Spanier, der gehörte wohl zum Personal, und der hat einen mordsmäßigen Anschiss gekriegt, weil das Tor zum Hof nicht abgesperrt war. Ich hab's genau gehört, wie Jim immer wieder «Fuck you! Fuck you!» gebrüllt hat. Der Spanier hat mir dann gesagt, dass das Hotel geschlossen sei, weil es für die ganze Saison privat vermietet sei.»

«Und was dann? Hat Madame ausgehalten oder gab es ein Malheur?»

«Herr Grzegorz! Ich habe Jim Morrison gesehen! Wo denken Sie nur hin ...!»

«Ist schon gut, Herr Felter! Das ist doch Quatsch! Von jedem berühmten Mann wird behauptet, dass er noch lebt, wenn er schon gestorben ist. Da gab es welche, die haben angeblich Kennedy gesehen, Elvis Presley, den Zar Nikolaus …

Kaufen Sie sich einen halben Liter und gehen Sie nach Hause. Es wird schon dunkel und hier kann man leicht eins auf den Schädel kriegen.»

«Aber ich habe ihn wirklich gesehen, echt! Bei Gott, so wahr ich hier stehe!» Seine Stimme bekam etwas Beschwörendes und sein ganzes zerstörtes Gesicht verzerrte sich wie in unsäglicher Qual. «Niemand will mir glauben, weder in Paris noch hier. Ich wollte schon darüber schreiben, einmal habe ich beim Radio angerufen, beim Redakteur Ogrodziński, der am Donnerstag immer das Nachtprogramm leitet, der hat bloß gesagt: «Na, na, na!»

«Ist gut, Herr Felter!»

«Ich sage Ihnen noch etwas: Er ist abgehauen. Das konnte man sehen, er wusste genau wovor, aber er wusste nicht wohin.» Felter rief noch hinter Grzegorz her, wobei er an seinen Hosenträgern herumnestelte. Dann steuerte er auf das bereits erleuchtete Geschäft zu.

Grzegorz wollte nicht warten bis der Lift kam. Langsam, Schritt für Schritt, mit einer kompletten Leere im Kopf, stieg er auf seiner Love Street in den achten Stock. Er läutete. Elwira war zu Hause.

«Hej!», sagte sie, als sie Grzegorz sah.

Anmerkungen:

Cepelia: Centrala Przemysłu Ludowego i Artystycznego (Zentrale für Volkskunst und Kunstgewerbe).

«Czterej pancerni i pies», Titel eines Buches und einer legendären Fernsehserie von Janusz Przymanowski, spielte in 2. Weltkrieg.

Gierek, Edward, bis 1981 polnischer Staats- und Parteichef.

Hłasko, Marek, 1934–1969, polnischer Kultautor.

Jędrusik, Kalina, Schauspielerin, Sexsymbol in den 60er Jahren, Skandalrolle in «Das gelobte Land» von Andrzej Wajda.

KOR, «Komitet obrony robotników», Komitee zur Verteidigung der Arbeiter, gegründet 1976.

Miłosz, Czesław, polnischer Schriftsteller und Dichter, Nobelpreis 1980.

Musiał, polnischer zeitgenössischer Romanschriftsteller.

Polonez, polnischer PKW mit einigem Prestigewert.

Polski Instytut Wydawniczy (Polnisches Verlagsinstitut), Warschauer Verlag.

Pyjas, Stanisław, oppositioneller Student, der in Krakau 1977 bei Unruhen von Polizisten zu Tode geprügelt worden war. Die Ausführenden sind straffrei ausgegangen.

Redliński, Edward, * 1940, sein Roman «Konopielki» war in den 70/80er Jahren ein Bestseller.

«Schöne Manuela», gemeint ist die polnische Schriftstellerin Manuela Gretkowska.

Urban, Jerzy, Herausgeber der satirischen Zeitschrift «NIE» (Nein), deren Logo eine Zeit lang auch die Flaschen eines Wodkas der Marke «NIE» zierte.

Złoty, nach der Währungsreform in Polen 1994 gab es zwei Jahre lang «alte» und «neue» Złoty nebeneinander, bevor es nur noch die «neuen» gab (1 neuer Złoty = 10.000 alte Złoty).